Bruno Malivert

Le Singe bleu

Société des Ecrivains

Sur simple demande adressée à la Société des Écrivains,
14, rue des Volontaires – 75015 Paris,
vous recevrez gratuitement notre catalogue
qui vous informera de nos dernières publications.

Texte intégral

À Károly Stefáni,
pour son amitié fidèle et son précieux soutien.

Prologue

Aujourd'hui comme hier, le travail à l'atelier attendait quelqu'un d'autre. Non pas que Jean fût trop âgé ou moins compétent que celui qui pointait désormais à sa place. Loin de là… La chose s'était passée très simplement, comme une fatalité qui, trop lasse d'attendre son tour, se mue en évidence. Alors vient le temps où les trompeuses apparences cousues de fil blanc s'effilochent et les vaines attentes se voilent de fausses certitudes.

I

La clarté s'estompait imperceptiblement dans la tiédeur du mois d'août finissant. La chose se produisit à la hauteur de la station Dupleix, tandis qu'il rentrait du travail comme tous les soirs, en empruntant la ligne numéro 6 du métropolitain parisien.

Installé sur la banquette en bois, la tempe collée à la vitre, Jean le vit très distinctement se réfugier dans les ramures hautes d'un platane bordant la voie aérienne.

Il lâcha une vive exclamation, aussitôt étouffée par la fureur sonore des boggies des rames Sprague filant à pleine vitesse. Il faillit alors apostropher – verbe fort et geste brusque – ses compagnons de transport totalement indifférents à son émoi, mais il se ravisa ; la crainte du ridicule sans doute, à moins que cela ne fût autre chose de plus indéfinissable, de plus diffus qui le poussa à garder, pour lui, l'apparition fugace que, semblait-il, il était le seul à avoir surprise.

À la station suivante, La Motte Picquet-Grenelle, il sortit en trombe refaire le chemin inverse, sous un ciel éteignant inexorablement le feu de ses nuages. Il remonta le boulevard en direction de la Seine jusqu'au platane, le cœur partagé entre la crainte que sa vision ne fût qu'une apparition ou que, bien réelle, elle se fût égaillée vers d'autres horizons.

Sur place, il fit plusieurs fois le tour de l'arbre sans succès, le nez en l'air.

Avisant un banc à proximité, il s'y installa et concentra toute son attention sur la verdure assombrie.

L'heure s'en alla. Les candélabres aspergèrent les lieux d'or glauque.

Les rames se succédaient désormais à un rythme ralenti, offrant dès lors de longs intervalles de calme aux riverains de la ligne. Rivé à son horizon de branches et de feuilles, Jean se tenait aux aguets, immobile, le dos raidi par l'attente.

La nuit ensommeilla les honnêtes gens : une à une, les fenêtres s'éteignirent. Le silence nocturne citadin bourdonnait sourdement. Jean s'assoupissait lorsqu'un gyrophare passa. Il déguerpit sur-le-champ, apeuré comme un gamin pris sur le vif.

L'esprit ailleurs, il regagna son petit appartement rue du Commerce, grimpa les sept étages, avec à chaque palier l'envie de redescendre et de reprendre sa place sur son banc, à quelque distance de là.

Elle lui avait laissé la table dressée dans la petite cuisine. Elle ne l'avait pas attendu, elle s'était couchée. Il eut un drôle de sourire : depuis quand ne veillait-elle plus les soirs où il lui arrivait de rentrer tard ? Il fit un effort pour se souvenir de ce temps où elle marchait à sa rencontre. Bientôt, songea-t-il, il n'aurait même plus son couvert. Il mangea froid.

Elle ne dormait pas. De le savoir enfin à la maison ne la rassura pas totalement. L'inquiétude demeurait. L'oreille tendue, elle scruta tous ses mouvements. Il lui sembla qu'ils n'avaient pas la même sonorité discrète que d'habitude. Il avait dû se passer quelque chose. Quand il se coucha tout habillé à côté d'elle, son cœur battit un peu plus vite. Il ne fuma pas sa dernière Celtique dans le noir, comme à l'accoutumée. Elle n'osa pas remuer. Si seulement la nuit avait pu effacer les mauvaises appréhensions qu'elle ressentait. Ne rien dire, surtout ne pas bouger et peut-être…

Jean se pinça les lèvres machinalement comme pour rattraper instinctivement son mégot. Ce soir n'était pas un soir comme les autres. Elle n'avait pas eu la profonde inspiration coutumière qu'elle lui adressait lorsqu'il rejoignait la couche conjugale. Il savait qu'elle faisait semblant ; alors lui aussi fit semblant.

Elle passa la plus affreuse des nuits blanches inavouées de leur vie commune.

Le lendemain, Jean se leva aux aurores. Plus silencieux qu'un voleur, il s'en alla subrepticement, oubliant même, pour la première fois, son bol de café noir. Elle continua à jouer la comédie de ne pas se réveiller. Elle le laissa partir, gardant les paupières closes dans l'espoir de dormir enfin et de rêver qu'il rentrerait comme avant, le refrain aux lèvres après une dure journée de labeur, heureux, le croyait-elle, de retrouver leur petit appartement perché sous les toits et de l'étouffer de baisers gourmands ; il la saoulerait ensuite des mille choses moins passionnantes les unes que les autres qui s'étaient déroulées à l'atelier mais qu'elle écouterait avec une avidité ponctuée d'exclamations ravies. Alors, ils se mettraient à table, elle lui parlerait de ses envies, il ne l'écouterait pas, le nez dans son assiette. Qu'importe ! Le repas terminé, ils descendraient quel que soit le temps se promener en amoureux sous la voie aérienne jusqu'à la Seine et s'en retourneraient bras dessus, bras dessous, cœur à cœur, se nicher et faire l'amour.

Ce jour-là, Jean ne prit pas le premier métro comme à l'ordinaire. Il marcha sous les arcades et retrouva avec délectation son banc de la veille, face au platane. Il s'y installa et s'endormit malgré le tintamarre du boulevard jusqu'aux heures de midi. Quand il se réveilla, comme une évidence qui s'imposait enfin à lui, il alla à l'atelier présenter, tout simplement, une démission sans raison apparente.

En fin d'après-midi, son solde de tout compte en poche, il retrouva son banc, un peu fâché de constater que plusieurs quidams en avaient pris possession. Prenant son mal en patience, il attendit que la place se libérât, debout, tranquillement adossé au tronc de l'arbre. On le dévisagea, on s'indifféra, on s'amusa, on se moqua ; le temps passa. À la longue, son envahissante présence découragea les hôtes indésirables qui abandonnèrent peu à peu les planches vertes écaillées.

Il s'installa et guetta. Peut-être n'était-ce pas trop tard ? Après, il lui faudrait rentrer ; après encore, il lui faudrait parler. Mais à quoi bon ?

Le temps n'a pas d'importance… Août s'emploie à recevoir septembre en fraîchissant sa tiédeur un peu plus tôt. Demain, un ciel bas fera son retour. Un petit tour et s'en ira. Un petit tour pour déposer ses primes bagages automnaux. Demain, une ondée grisaille, à petites touches, sans qu'il y paraisse, commencera à éteindre l'été subrepticement.

Pour l'heure, Jean est assis sur son banc. Pour l'heure, Jean attend. Pour l'heure…

Sous les toits, ce soir comme hier, comme probablement demain et plus sûrement après-demain, et puis encore, et puis encore définitivement, la solitude glace un lit trop grand. Marinette s'est couchée plus tôt que d'habitude à la recherche d'un sommeil qui se refuse de n'avoir eu son content d'amour. L'évier, chargé d'une vaisselle oubliée, résonne du tintement régulier d'un goutte-à-goutte sur la surface vaseuse d'une casserole débordante. Pour la première fois ce soir, la toile cirée est orpheline du couvert de Jean. Pour la première fois, Jean s'est couché hier tout habillé, sans un mot, sans même le baiser coutumier, du désamour, de la bonne nuit, mortellement chaste. Pour la première fois, Jean est parti ce matin sans son café noir. Pour la première fois, ce soir,

Marinette s'est sentie sèche. Pour la première fois, Marinette l'accepterait, pourvu qu'au matin, le dos tourné, elle entende battre un cœur, même s'il ne battait désormais que pour vivre jusqu'à mourir, même s'il ne battait désormais plus pour elle.

Boulevard de Grenelle, sur un banc non loin d'un platane, Jean s'apprête à veiller une seconde nuit. À quoi pense-t-il ? De quoi rêve-t-il ? Qu'espère-t-il ? Jean largue les amarres pour avoir croisé le hasard d'une fin d'après-midi. Ce soir, boulevard de Grenelle, Jean cherche au plus profond de lui-même des larmes ; des larmes, même acides.

Les aiguilles basculèrent à nouveau du sommet de l'horloge. Les rames à nouveau se firent plus rares. Plus que jamais accroché aux frondaisons de l'arbre, Jean retrouvait peu à peu la même douillette impression de bien-être ressentie la veille. Il inspira profondément, goulûment, mâchonnant l'air avant de l'expirer à petits traits.

Le tablier vibra une dernière fois ; la mosaïque lumineuse s'ébranla, prit de la vitesse, ondula sur les façades longeant la voie. Elle disparut, avalée à la station suivante le temps d'ouvrir et de fermer les portes des wagons sur les derniers oiseaux de nuit, pressés de rentrer au nid avant l'aube.

Jean se projeta quelques heures auparavant, revivant ses derniers instants d'atelier.

Comme tout cela lui paraissait naturel et simple. Sans se poser la moindre question, il avait annoncé son départ, était resté sourd aux discours de ses collègues, sourd aux conseils du représentant syndical, définitivement inflexible au point de ne pas avoir à effectuer son préavis. En sortant du bureau du personnel, il n'avait pas jugé utile de saluer une dernière fois ses camarades de travail. À quoi bon ? À la minute même où, la veille, il était revenu sur ses pas, ce monde auquel il avait appartenu lui était devenu parfaitement étranger. Il n'en faisait plus partie.

Son enveloppe en poche, il s'en était allé comme un voleur de liberté sans se retourner, face au grand large de sa vie. Il s'en était allé serein et avait musardé en chemin, jouant avec l'impatience qu'il avait de retrouver son banc.

Marinette n'avait pas eu le courage de se lever. Ou plutôt si, juste pour se faire une cafetière pleine de chicorée avant de se fourrer à nouveau sous les draps et d'allumer le gros poste de radio qui lui venait de son père : un monstre d'acajou et de lampes né à la libération, qui, sans être tombé en panne une seule fois, continuait à capter suffisamment les ondes pour nasiller à loisir, après un temps d'échauffement.

Le vent porta jusqu'à ses fenêtres le carillon du clocher de Saint-Léon sonnant les quatre heures. Au bas du lit, un reste de chicorée froide noircissait le fond d'un grand bol ébréché, décoré de plusieurs séries de losanges bleus et noirs. À côté, un paquet de gauloises vertes tout ratatiné débordait d'un cendrier publicitaire, gavé de cendres et de mégots.

Le temps n'arrête sa course, bouclant imperturbablement ses tours de cadrans. Marinette, de faux rêves en illusoires attentes, a somnolé toute la sainte journée. Elle ouvre enfin un œil, fronce les sourcils, un furieux mal au crâne. Elle enfouit sa chevelure sous son oreiller.

Peu à peu, les cognements douloureux finissent par s'estomper ; alors avec d'infinies précautions, elle se redresse, abrutie de trop de sommeil. Au premier pied dehors, elle renverse le bol qui projette le restant de liquide noirâtre sur le monticule de cendres. Elle avise tristement la commode où sont rangés bien sagement des portraits de famille poussiéreux ainsi qu'une photo de classe. Elle reste là plantée de longues minutes, avant de se saisir de l'instantané de classe primaire. Elle s'assoit sur son lit puis singe devant la glace au cadre de bambou qui orne le mur de la chambre, la figure sévère de l'instituteur en blouse grise. La petite fille, l'adolescente, s'en est allée avec le temps d'avant ; seule la femme vieillie avant l'âge demeure. Marinette se torture la cervelle pour donner un nom à tous ces visages qui l'ont accompagnée au temps où l'avenir avait une espérance, mais sa mémoire regimbe.

Soudain, elle jette violemment le sous-verre qui se brise sur le sol inégal, arrache le fil tissé d'alimentation du poste, le condamnant au silence, et se couche sur le flanc. Recroquevillée en chien de fusil, elle pleure en serrant la peluche de Joko le singe, offerte par Jean le jour de sa demande en mariage, à Luna Park.

Elle avait rendez-vous ce soir-là avec Jean à huit heures, porte Maillot. Pour échapper au service du dîner, Marinette avait menti à sa patronne, prétextant une parente malade. Madame avait refusé. Alors, elle avait dénoué son petit tablier et l'avait laissée sans un mot ; le désir était trop fort, la crainte aussi que Jean ne l'attendît pas. Elle l'aimait tant ! Dieu que c'était bon d'aimer à perdre raison, à plaisir, que veux-tu !

Comme Jean l'avait fait languir avant d'arriver !

Il s'était torturé l'esprit en vain, pour trouver une bonne raison de rompre avec cette gentille fille rencontrée deux mois auparavant et qui s'était donnée sans retenue, totalement, au premier ténébreux qui lui avait laissé croire ce dont rêvent toutes les jeunes filles en mal d'amour. En l'apercevant de loin, il s'était dit qu'elle était quand même mignonne avec son béret légèrement incliné sur sa tignasse brune. Un pas de plus : elle allait à son tour le voir et lui sourire. Un pas de plus : pour encore une fois, sans cœur, enflammer ce corps qui s'était offert à son désir. Un pas de trop, pour ne pas céder à un autre galant ce cadeau facile. Ça y est ! Plus moyen de faire demi-tour ! Elle lui fait signe. Son visage rayonne à la face de la terre entière, uniquement pour lui.

Pourquoi accélérer le pas et répondre à son sourire ? Pourquoi courir et bousculer tout le monde ? Elle s'est arrêtée, les mains dans le dos. Il n'y a qu'elle dans la foule. Que cette chaleur envahissante est douce. Encore un pas, la prendre dans ses bras, la serrer très fort, l'embrasser, libérer la tempête de sa chevelure jais, y enfouir son visage et lui murmurer qu'on ne l'aime pas, qu'on la déteste et qu'on la laisse à jamais, en l'étreignant plus fort au beau milieu de la foule goguenarde. Aller à la première baraque de tir, jouer avec le destin, gagner ; s'entendre prononcer ces mots dans un rêve, ne pas achever sa phrase, interrompue par un « oui » ardent. Oublier presque la peluche tendue par le forain. Courir à perdre haleine pour se réfugier dans le plus bel endroit du monde, de l'univers, là où enfin seuls, les amoureux s'aiment jusqu'à l'oubli de soi, au-delà de l'extase.

Se réveiller au matin avec une femme qui s'accroche à perdre amour. Trouver une raison de partir, se fustiger d'avoir encore une fois cédé au désir facile. Se jurer de ne rien dire, ne rien promettre, partir. Partir ? Jean se demande ce qui lui arrive. À l'atelier, on le brocarde gentiment ; il doit se ranger maintenant des voitures, c'est un homme marié à présent. Marié ? Se peut-il ? Tout cela s'est passé si vite, trop vite !

Marinette tire les rideaux, ouvre la fenêtre, pleine d'optimisme en la vie, avec au cœur le besoin irrépressible de crier à tue-tête qu'elle est mariée, qu'elle est heureuse, et quoi d'autre encore ? Marinette ne se pose pas la question. Ce sera pour plus tard. Mais plus tard arrive toujours trop vite.

La vendeuse des quatre-saisons ne lui a-t-elle pas répété à l'envi que le bonheur est toujours en retard ? Alors, quand il se présente, il faut brûler la chandelle par les deux bouts avant que le malheur ne l'éteigne. « Profite, ma petite ! Profite, ma jolie ! », lui lance-t-elle tous les matins, lorsqu'elle la croise en allant chercher sa bouteille de lait. Marinette lui sourit ; cette vieille folle n'a rien compris. Elle a tout son temps au contraire ; la jeunesse est sienne.

Ce soir comme les autres soirs, elle dévalera les sept étages en courant pour se précipiter sur le boulevard à la rencontre de Jean, de son Jean. Il descendra à la station d'avant pour lui donner le plaisir de venir à lui. Elle l'apercevra, quittera le banc sur lequel elle patiente tous les soirs en compagnie des moineaux et des pigeons, avec quelquefois un grand parapluie. Et comme à Luna Park, il donnera l'impression de ne pas l'apercevoir, marchera à pas lents, l'ignorant presque, pour esquisser un sourire au tout dernier moment. Et comme à chaque fois, le miracle se renouvellera. Jean défera la bandoulière de sa sacoche à outils, la donnera à son petit apprenti qui la portera fièrement jusqu'au logis.

La vendeuse des quatre-saisons s'en était allée un jour triste et froid, un jour que novembre désespère de l'aurore au crépuscule. Marinette l'avait appris à la crémerie, en rapportant sa bouteille en verre. Elle était morte la veille, dans la rue, en rentrant chez elle. On avait raconté dans la boutique qu'elle n'avait pas de famille, qu'elle habitait dans le bidonville de Nanterre, qu'elle… « Et quoi encore ? », s'était demandé Marinette. Elle était vieille et usée : c'était charité que de lui acheter quelques oignons et deux, trois pommes de terre. Trop fière pour mendier ! Aussi vendait-elle ce qu'elle ramassait en cachette à la fin du marché, derrière les camionnettes.

On disait même que certains commerçants faisaient semblant de jeter de la bonne marchandise pour qu'elle la récupérât et se fît le sou, pour qu'elle ne mourût pas de faim ou de solitude. Marinette avait haussé les épaules pour chasser le frisson qui s'était emparé d'elle. Subitement, elle s'était vue toute seule, sans son Jean, sans enfants, sans logis, sans rien : à la rue. Elle eut terriblement froid ; il avait fallu qu'elle sortît tout de suite de la boutique pour cacher sa peur. Elle en avait oublié sa bouteille sur le comptoir face à la crémière médusée, qui tenait en suspens sa louche de lait frais. La cloche avait tinté plus fort qu'à l'accoutumée au claquement de la porte derrière elle.

Marinette s'était jetée comme une perdue dans la rue, courant à perdre haleine jusqu'à chez elle.

À bout de souffle, elle avait failli s'évanouir en arrivant tout en haut de l'escalier. Un tour de clé, elle s'était précipitée dans la petite cuisine pour s'emparer de la bouteille de Cinzano rangée sous l'évier et s'en verser une grande rasade dans un des verres Huilor, qui constituait une partie de son service dépareillé.

Elle se tourne et se retourne dans son lit glacial. Cette peur qu'elle croyait avoir effacée de sa mémoire resurgit, l'éclaboussant au cœur et à l'âme. « Pardon ! », a-t-elle envie de crier. « S'il te plaît, pardon », pleure-t-elle à la vendeuse des quatre-saisons. Comme le temps a passé, comme l'amour a passé ! Depuis déjà longtemps, il est chaque soir trop tard pour aller chercher Jean.

Les aiguilles continuent leur ronde. Marinette émerge à nouveau de ses somnolences, tend l'une après l'autre ses jambes hors de sa couche et finit de piétiner le cendrier, assise un temps sur le rebord du lit, les bras croisés sur le ventre, caboche baissée.

Enfin, elle se penche, ramasse les éclats du sous-verre, se traîne jusqu'à la poubelle pour les faire tomber un à un comme autant d'au revoir. Quand vient le tour de la photo, elle s'empare d'une paire de ciseaux et la réduit en confettis qu'elle embrasse ; ceci fait, elle rassemble le tas de ses deux mains et verse la pluie de ses adieux dans le seau à ordures.

L'après-midi à nouveau s'en est allée. Marinette n'est pas sortie de la journée, comme hier, comme si elle savait que quelque chose arrivait, quelque chose de nouveau, de différent, de définitif.

Le soir peu à peu étend son voile d'obscurité. Dans la rue, les rideaux de fer se baissent, les derniers attardés finissent de dévaliser la seule boulangerie encore ouverte ; les néons multicolores au café d'en face éclaboussent le trottoir de leurs lumières crues. Il est tard. Là, au bar, des solitudes s'illusionnent sous un grésillement bleu dur. Une à une, les chaises de la terrasse sont rentrées : c'est l'heure de la fermeture, le moment redouté du départ.

Marinette s'est mise à la fenêtre de sa chambre et observe le manège en bas de chez elle. Un souffle léger rabat une mèche sur son front et l'aveugle ; le vertige la prend soudainement. Elle se recule, trébuche sur ses mules, pivote sur elle-même et s'affale sur son lit. Les petits rideaux s'envolent au-dehors, se prennent et s'accrochent à la balustrade rouillée du chien-assis. Allongée sur le dos, Marinette, n'a plus l'envie de se lever. Si seulement ce tournis pouvait la reprendre et l'emporter dans un tourbillon, ailleurs, mortellement ailleurs. Mais à quoi cela servirait-il, s'il n'y a pas Jean pour tout recommencer ? À rien, désespérément à rien ! À nouveau, l'image de la vendeuse des quatre-saisons envahit son esprit ; alors, elle se met à lui parler de tout ce qu'elle n'a jamais dit et qu'elle n'oserait avouer à personne, pas même à Jean.

De l'autre côté de la cloison, dans le noir de la pièce, l'eau continue, goutte-à-goutte, à déborder de l'évier, mouillant l'un après l'autre les carreaux de tommette disjoints. Marinette parle, parle, se saoule de mots tus depuis trop longtemps, libère son cœur et sa désespérance dans l'indifférence jaunie des murs de sa chambre. La vieille l'écoute en silence. Marinette insiste, questionne, tend les mains dans l'espoir vain de la retenir ; la vieille disparaît de sa vue tandis qu'elle hurle à son encontre et que les autres locataires rappellent leur présence par des bourrades vengeresses contre la cloison. Marinette porte le bout de ses phalanges à ses lèvres pour taire sa propre voix.

Une idée folle vient de germer dans son esprit troublé. Elle songe à l'échelle mal enchaînée sur le palier dont on se sert pour accéder au toit.

Sortir de l'appartement sans bruit ; guetter dans la pénombre ; s'assurer que le voisinage est bien endormi ; libérer avec mille peines l'échelle trop lourde, la maintenir verticale avant de l'incliner doucement contre la lucarne au-dessus d'elle, ne pas la lâcher avant d'être sûre qu'elle est bien calée dans les appuis prévus à cet effet.

Attendre à l'affût du moindre mouvement derrière les portes palières, reprendre son souffle ; monter un à un les gros barreaux ronds, tendre le bras et délicatement soulever la vitre ; s'arrêter à mi-course, le cœur haletant, aux aguets après le crissement de la languette de retenue métallique ; recommencer, presque centimètre par centimètre, les muscles tétanisés par l'effort. Avoir enfin le visage rafraîchi par un filet, puis un courant d'air.

Au bout de la persévérance, voir le ciel étoilé en récompense. Un dernier barreau : la liberté à mi-ceinture ; s'agripper, s'érafler les coudes et les genoux mais, à force, parvenir à se hisser sur le zingage ; trouver son équilibre, les bras écartés. Dieu que cela est bon ! Avancer à petits pas jusqu'à la cheminée hirsute de champignons gris. Se laisser couler le dos contre elle jusqu'à s'asseoir, suivre la ligne brisée des toits parisiens, s'arrêter au sommet de la tour Eiffel ; revenir au bout du zingage qui plonge entre les chiens-assis. Avoir soudain le désir vertigineux de se laisser glisser un petit peu plus, et puis…

Marinette n'en revient pas. Ce n'était pas une folle idée, encore moins un rêve ! Elle se pince, étouffe un cri. Incroyable ! C'est bien elle qui se trouve accroupie dans une position peu confortable sur le toit de son immeuble. Voilà, j'y suis, semble-t-elle dire à la vendeuse des quatre-saisons d'antan. À l'abri de son conduit de briques, elle s'apprête à passer une drôle de nuit sans savoir ce que le hasard de ses pensées lui réserve. Peut-être est-ce le jeu de la dernière chance ; en vaut-il la chandelle, madame des quatre-saisons ? Jean rentrera-t-il ce soir suffisamment tôt ? Verra-t-il l'échelle ? Comprendra-t-il ? Marinette jette cette nuit tous ses espoirs et ses désillusions aux étoiles ; rayon de lune, que lui offriras-tu ?

À quelques encablures de là, aux heures tardives de la nuit, assis sur son banc, Jean lutte contre le sommeil pour ne pas laisser s'échapper une nouvelle occasion. Aux aguets, le cou tendu, il guette, sans savoir où le hasard le conduira. Pour la première fois de la journée, il pense à Marinette.

Marinette qui a feint de dormir quand il est rentré hier soir, Marinette qui a *insomnié* toute la nuit et a continué de faire semblant ce matin. Semblant ! Semblant ! Ce mot résonne dans sa vie depuis si longtemps déjà. Il en a soudain assez de cette existence à faire semblant : semblant de travailler, semblant d'aimer, semblant de désirer, semblant de vivre, semblant de tout ! martèle-t-il intérieurement.

« Je veux, lance-t-il à l'adresse du platane, je veux… »

La suite s'étrangle dans sa gorge.

« Ça ne va pas, mon gars ? »

Interloqué, Jean considère le quidam planté devant lui : un grand-père à la barbe fleurie ; plutôt une bonne bouille, avec son chapeau tyrolien sûrement exhumé de l'une des poubelles du quartier.

« Ça ne va pas mieux, mon gars ? »

Jean s'interroge. « Qu'est-ce qu'il me veut, le vieux ? Je ne lui demande rien ! Pourquoi m'adresse-t-il la parole ? Je n'ai nulle envie de lui parler. Et puis d'abord, il n'a rien à faire ici. Il ne manquerait plus qu'il s'incruste ! Il va tout gâcher ! Mais il insiste le bougre ! V'là-t'y pas qu'il me secoue ! Mais qu'est-ce qui m'arrive ? Qu'est-ce que je raconte ? »

« Tu rêves tout éveillé, tout simplement, mon gars ! Bon j'te laisse, à demain ! »

« Comment cela, à demain ? Il n'a tout de même pas l'intention de venir me déranger tous les soirs ! » Tous les soirs ? Eh oui ! S'il en avait douté hier, il en avait aujourd'hui la certitude : désormais, il passerait toutes ses nuits sur ce banc à attendre. Et lorsqu'enfin… Marinette comprendrait-elle ? Il faudrait parler, expliquer. Mais expliquer quoi ? Qu'il avait donné sa démission, qu'il n'avait pas l'intention de chercher un autre travail, qu'il ne savait pas ce qu'il allait devenir ?

Il s'aperçut à la seconde qu'il n'avait pas mis de pluriel à sa pensée. Pas de pluriel, pour un futur sans elle. Il dépenserait le sou jusqu'à ce qu'il n'en ait plus, jusqu'à ce qu'il doive quitter le logement. Et puis après ? Où dormirait-il, où irait-il ? Comment faisait la vendeuse des quatre-saisons ? Oui, la petite vieille morte, il y a déjà… Combien de temps, au fait ?

Marinette l'avait assommé avec des histoires sur elle, le jour où elle avait appris sa mort. Probablement, songea-t-il, qu'il avait dû l'assommer de son côté plus d'une fois avec ses histoires d'atelier. « Je pensais que cela l'intéressait ! », se défendit-il intérieurement, ajoutant pour sa bonne conscience que c'était toujours elle qui le relançait. Alors, après tout…

Mais il savait bien ce que cela signifiait : bavasser pour ne pas parler de ce qui n'allait pas entre eux depuis le début. Entre eux ? Voyons Jean ! se confessa-t-il, ce qui n'allait pas surtout pour toi, non ? Toujours les mêmes questions : pourquoi avait-il épousé Marinette ? N'attendait-il pas autre chose de l'amour qu'elle ?

Jean continua à se débattre avec ce qu'il croyait être sa conscience, à moins que ce ne fût son désir. Il frissonna, l'aube pointait boulevard de Grenelle. Bientôt les rames reprendraient leurs navettes incessantes et bruyantes. Bientôt, les arcades vibreraient, les pieds du banc sur lequel il avait élu domicile nuitamment vibreraient, l'arbre tout entier vibrerait de la cime aux racines. Il ne se passerait plus rien, maintenant. Il pesta contre Marinette, trop présente à son esprit. Une seconde nuit pour rien, se dit-il.

La ville s'éveille, les premières odeurs de pain cuit titillent les narines de Jean. Pourtant, il n'est de boulangerie ouverte dans le voisinage. Il sourit : peut-être le vent lui souffle-t-il celles de la rue du Commerce, à côté de chez lui. Chez lui ! Encore une rasade d'amertume. Décidément, il doit faire quelque chose pour se libérer définitivement l'esprit.

Ce matin, la ville s'éveille d'une drôle de façon, justement, dans sa rue, dans son immeuble. À l'étage, un locataire matinal a remarqué l'échelle appliquée à la lucarne. Pensant à des monte-en-l'air, il a couru fracturer la vitre de la borne de police la plus proche pour appeler les secours.

De son banc, Jean voit défiler toutes sirènes hurlantes le premier fourgon pie ; il se bouche les oreilles, furieux d'être dérangé avant la première rame. Il ne lui reste plus qu'à rentrer chez lui et repartir aussitôt à l'at… Jean se fustige. A-t-il déjà oublié que tout ceci est fini ? Bien sûr que non. Simplement, il lui faut abandonner ses réflexes de langage ; ses mornes politesses aussi, jetées sans y faire attention, avec l'indifférence coutumière cachée derrière la bonne conscience d'avoir souhaité le « bonjour », le « bonsoir », d'avoir échangé un « comment allez-vous ? », avant les sempiternels commentaires affligeants sur le travail, le temps, les voisins, les nouvelles et que sais-je encore… de ce parler utile et social dont il n'a que faire à présent.

Ce matin, il va commencer à parler autrement. Ce matin, il va annoncer à Marinette qu'il n'ira plus à l'atelier, ni chez aucun autre patron d'ailleurs. Après, il lui dira… et puis non, cela ne servirait à rien pour l'heure. Il s'en tiendra uniquement à l'atelier. Après tout, n'a-t-il pas été le principal sujet de leur relation verbale jusqu'à avant-hier ? Il a clos ce chapitre, laissé derrière lui sa machine, ses outils, ses collègues, ses allers et retours cinq fois par semaine, sans compter les samedis supplémentaires ; il lui faut à présent rompre définitivement avec la dernière personne concernée au quotidien : Marinette.

Jean se redresse et s'en va, la démarche pesante. Il jure de ne se laisser distraire par quelque pensée que ce soit la prochaine fois qu'il retrouvera sa place sur son banc. « Ni par quiconque », marmonne-t-il en songeant au grand-père à la barbe fleurie.

Il remonte le boulevard de Grenelle en direction de la rue du Commerce. La veille, on a installé sur le terre-plein central qu'abrite la voie aérienne les tréteaux et les poteaux métalliques supportant les bâches goudronnées qui protègent les étals du marché. Les commerçants sont déjà à pied d'œuvre. Jean musarde comme la veille, un pied devant l'autre, le nez au sol pour ne pas avoir à capter un visage qui pourrait le reconnaître.

Au fur et à mesure qu'il se rapproche de chez lui, l'animation grandit et la tension monte. Un peu plus loin, il se heurte à un attroupement de badauds curieux qui l'empêche de bifurquer dans sa rue. Il redresse le visage ; il lui faut un certain temps pour comprendre ce que les uns et les autres colportent sans pour autant voir grand-chose. Jouant des coudes, il se rapproche jusqu'au cordon de sécurité imperméable et répressif.

Plusieurs minutes s'écoulent avant qu'il ne parvienne à expliquer qu'il loge justement dans cette rue et qu'il aimerait bien rentrer chez lui. Il se demande pardon pour le mensonge de ce « chez lui » qui ne le sera bientôt plus. Enfin, la capeline d'une hirondelle s'intéresse à lui.

« Où habite-t-il ?

— Eh bien, là ! », répond-il en désignant son immeuble à une centaine de mètres.

Quelqu'un est sur le toit : une désespérée, semble-t-il. On craint qu'elle ne se jette dans le vide. Sait-on comment elle s'appelle ? Jean entend comme dans un rêve son propre nom en réponse. La folle idée lui vient sur-le-champ de mentir, de dire que ce n'est pas là qu'il réside, que ce n'est pas lui le mari que l'on recherche partout. Il se fait peur une seconde en imaginant la longue chute de Marinette dans les airs sans un cri, sans un appel, totalement désespérée.

On l'observe ; on va le reconnaître, c'est sûr. Il tasse un peu plus ses épaules, mais il sait déjà qu'il ne fera pas aujourd'hui l'apprentissage de la dernière des lâchetés ; son bagage est encore trop lourd.

« Oui, c'est bien moi ! », lance-t-il sans plus d'émotion. L'hirondelle fronce des sourcils inquisiteurs et le scrute. « Pour y lire quoi ? » s'interroge Jean avec un brin de moquerie à l'égard de l'inspecteur en herbe. « Ah, tout de même ! », lance-t-il au planton quand ce dernier se décide à lui faire franchir la barrière mise rapidement en place.

Une bourrade vient le remercier, immédiatement suivie d'une série de poussettes : l'hirondelle, vexée, le conduit sans ménagement au fourgon stationné à deux pas de son immeuble. Au passage, Jean surprend les pompiers palabrer quant à savoir s'il vaut mieux hisser la grande échelle ou tendre à bras d'hommes une bâche au-dessus du sol.

Jean offusque tout le monde par son détachement, excédant rapidement les bonnes volontés réunies autour de lui dans le panier à salade qui sert de PC aux secours. De murmures en non-réponses, Jean entre dans une longue période de silence ; il se ferme à toute parole et se replie sur lui-même pour s'en aller ailleurs. Oh, pas très loin ! Juste boulevard de Grenelle, sur son banc, chercher là-bas dans ses souvenirs des mots qu'il y aurait perdus. De ces fichus mots que l'on se dit avec le cœur sans y penser, des mots qui font du bien à l'amour de l'autre. Ces mots qu'il avait si souvent gaspillés autrefois, tant ils lui venaient à la bouche avec l'insolence de la facilité et le mensonge de la séduction.

Jean se perd en vagabondage. Quelques visages lui reviennent à la mémoire ; des visages trompés parfois, désirés souvent, mais aimés ? Jean se pose la question. A-t-il aimé un jour ? Il hésite. Oui, insiste-t-il, a-t-il aimé au moins une fois ? Je ne te parle pas de désir, s'agresse-t-il, je te parle d'amour !

Tandis que Jean finissait de s'égarer dans les méandres de ses pensées, indifférent aux menaces policières, Marinette se recroquevillait un petit peu plus sur elle-même. Le jour s'était levé sur Paris. Les rames défilaient à cadence régulière, le marché s'animait ; aux abords, l'embouteillage grandissait.

Marinette se dit que Jean est parti et qu'il ne reviendra plus ; Marinette contemple une dernière fois les heures matinales de son quartier, tout en glissant sur les fesses, doucement, la pente de zingage. Elle croit entendre quelqu'un l'appeler pour la retenir. « Pourquoi ? », se demande-t-elle. Le bord de la gouttière est encore loin… Et puis ce n'est pas la voix de Jean !

L'homme, après s'être faufilé par la lucarne, n'avait pas encore établi son équilibre lorsqu'il aperçut Marinette quitter le mur de cheminées pour se rapprocher dangereusement du bord. Il lâcha dangereusement un « Non ! » sonore et désespéré. Au même moment, un autre pompier se hissait à son tour afin d'arrimer son collègue à une corde de rappel pour que ce dernier entreprît une approche en douceur.

Marinette ne s'est pas retournée au cri. Elle ignore les injonctions précautionneuses et douces qui lui sont faites de ne pas paniquer. Elle se saoule à la vue de l'horizon parisien qu'enflamment les premiers rayons du soleil ; respire à pleins poumons l'air matinal, encore frais de la nuit qui s'achève. Jamais spectacle ne lui est apparu aussi beau, aussi grandiose. Elle soupire lentement plusieurs fois : voler ! Voler définitivement, ne serait-ce pas merveilleux ? Tout oublier ainsi, ou plutôt effacer tout le mauvais et ne garder que le bon. Mais ce n'est pas encore l'heure.

À regret, elle se résigne. Elle lève les paupières et aperçoit, en face d'elle, des voisins inconnus pendus aux fenêtres, qui l'observent comme ils peuvent. La pensée saugrenue lui vient à l'esprit qu'elle ne pourra plus jamais croiser tous ces gens dans la rue ou au marché. Que ne diraient-ils pas sur son passage ou dans son dos lorsqu'elle les rencontrerait à la crémerie ou chez le boulanger ? Peut-être bien que les gamins du quartier se pendraient à ses basques pour lui jouer toutes sortes de mauvaises blagues, lui suriner de méchantes scies ou se moquer d'elle ?

Le pompier ne cesse de lui parler tout en s'approchant d'elle. Il la supplie même lorsque Marinette reprend sa périlleuse descente.

Elle n'a plus de prise ou presque ; uniquement les tasseaux de fixation et d'assemblage des plaques de zinc. À moins d'un miracle, elle va continuer à glisser jusqu'à la chute, commente-t-on en bas sur le macadam en entrevoyant sa frêle silhouette se couler jusqu'à la gouttière. Sur le toit, l'homme, derrière elle, lance un signe désespéré à son collègue : que l'on donne du mou à la corde qui le retient ! Il va tenter son va-tout et se précipiter vers elle pour la ceinturer avant qu'il ne soit trop tard !

Lentement, le vide se rapproche. Doucement, doucement je m'en vais, commence-t-elle à fredonner. Marinette s'en va, Marinette ne reviendra pas, se berce-t-elle.

Marinette a un pied dans le vide. Des exclamations fusent de la foule agglutinée aux représentants de l'ordre.

Le secouriste se redresse. En équilibre dangereusement instable, il supplie encore et encore Marinette de se retourner vers lui. Au-dessus de lui, ils sont plusieurs à tenir le filin afin de pallier la terrible secousse à l'instant où il saisira la désespérée.

Chacun retient son souffle, aussi bien en haut qu'en bas lorsque soudain Jean interrompt sa rêverie et annonce inopinément qu'il va monter lui parler. On lui dit qu'il est trop tard mais il n'écoute pas et poursuit son monologue ; il croit avoir retrouvé les mots tant recherchés, aussi se doit-il de les essayer.

Les essayer ? Les policiers, convaincus qu'il y a autant de courants d'air dans sa cervelle que dans celle de sa femme, lui lancent une tape amicale sur l'épaule, de celles que l'on adresse à quelqu'un qui ne comprend pas la situation et que l'on souhaite mettre à l'écart du drame qui se joue. Mais Jean n'en a cure. Il se lève. Une main le retient fermement. On lui répète gentiment que sa place est ici, qu'il ne peut plus être d'aucun secours.

« Au contraire ! », siffle-t-il en bousculant le policier. Une autre réplique fuse, plus vive. Jean répond.

Ils sont deux à présent à tenter de le convaincre. Jean se débat comme un beau diable pour s'arracher à leur emprise, éviter le ceinturage et sortir du fourgon comme un fou furieux.

Bousculant tout le monde sur son passage, il se dirige vers son immeuble. Les hirondelles fondent sur lui pour le maîtriser. Il profite de son court avantage et saute par-dessus l'une des barrières mises en place pour contenir la marée curieuse.

Distraits par cette apparition, des badauds délaissent un instant le toit pour observer la scène, moqueurs, quand brusquement quelqu'un hurle : « Arrêtez ! »

Est-ce en haut ou en bas que l'on a crié ?

La foule lâche un long murmure d'horreur. Marinette glisse définitivement dans le vide. Le pompier plonge à son tour ; heureusement la corde le retient *in extremis*. Jean voit Marinette tomber au ralenti dans une interminable chute.

Marinette s'est finalement retournée pour dévisager, vague à l'âme, le jeune homme courageux qui lui tend désespérément la main.

Le silence s'est imposé. Que dire de plus ? Qu'implorer de plus ? En désespoir de cause, il lui offre simplement son sourire. Un sourire dans lequel il met ce qu'il y a de meilleur en lui. Un sourire pour lui dire que la vie vaut d'être vécue puisqu'une main se propose à sa détresse. Elle n'est plus seule. Marinette s'attarde l'éternité d'une poignée de secondes, comme pour lui répondre en pensée qu'elle croit bien avoir deviné ce qu'il essaye de lui dire, mais qu'il se trompe. Alors, pour le remercier, elle lui souffle en pensée un baiser du bout des lèvres avant de laisser la pente faire son œuvre et l'amener à l'extrémité de la gouttière.

Le zingage cède dans un bruit sec.

Marinette bascule sans un mot, le corps lourd, le cœur léger. Les yeux grands ouverts, elle n'a pas peur ; au contraire, elle prie pour que son vol dure le plus longtemps possible, tant son désir de siroter cette apesanteur est fort.

Sa perception s'accélère en même temps que sa vitesse. Marinette voit tout, entend tout. Elle ressent à peine une crispation lorsqu'elle imagine en une fraction de seconde son écrasement au sol. Il lui faut à tout prix profiter encore plus de cette extase funeste.

Le temps se déchire ; le temps ouvre sa parenthèse. Marinette est hors de l'instant des simples mortels pour une éternité à ne partager avec personne, même pas avec Jean. Elle va le rejoindre en bas dans une petite mort médiocre avec pour unique bagage la froide indifférence de l'habitude et des années de désillusions.

Tout cela se passe trop vite. Jean continue à suivre la chute de Marinette vers le trottoir comme si elle ne devait jamais cesser.

On l'écarte, on le renverse presque. Tout le monde se précipite. La foule est au comble de l'excitation, l'on s'agite de partout ; des sirènes hurlent. Une ambulance parvient à franchir le magma humain.

Jean ne veut perdre une seconde du vol de Marinette. Un bras charitable lui parle, il n'écoute pas, uniquement préoccupé par ce qui se passe au-dessus de lui. Détaché du tumulte environnant, il continue à discourir silencieusement avec Marinette. À le surprendre ainsi bouger des lèvres en silence comme un poisson hors de l'eau, comment ne pas le croire hébété par ce qui vient d'arriver ?

Le temps a beau jouer ses tours, il ne s'en revient jamais. Il continue sa course, laissant à chacun le soin de rattraper ce qui ne peut l'être. Il faut à Jean de longues secondes pour oublier ce que son esprit croit mais n'a pas vu, et admettre la réalité de ce qui vient de se dérouler. Il règne une belle pagaille tout autour de lui ; il est tiré *à hue et à dia*, emporté par le mouvement inexorable de la foule qui reflue sous la pression policière. Cela ne l'empêche cependant pas de se retourner une dernière fois. Qu'espère-t-il ? Revoir Marinette plonger dans le vide, en nuisette, les cheveux dénoués ?

La cohue lui masque la scène qui se déroule sur le trottoir, en bas de son immeuble. Après tout, se dit-il, c'est finalement mieux comme cela, mieux de ne pas être à proximité. Il n'a nulle intention d'étaler à la face publique des mots de chagrin que son cœur ignore, des mots de convenance polie.

L'envie soudaine lui vient de retourner sur son banc et d'attendre que le temps passe, attendre que le soir arrive, que la quiétude préside à nouveau les lieux, que son guet reprenne, tout comme le cours des choses de sa vie. Hélas, une hirondelle le repère soudain, fond sur lui et le happe avant qu'il ne se libère de la scène du drame.

Jean reconnaît à son tour le policier et n'offre pas de résistance. Un haussement d'épaule, il est bon pour une seconde invitation dans le panier à salade. Non, il ne sait pas ! Bien sûr que non, persiste-t-il. Il n'a rien vu ou presque ; trop de gens devant lui, trop… L'hirondelle l'interrompt, le ton méprisant, avec au visage une grimace de dégoût. Il pointe durement un index à la hauteur du plexus de Jean. La porte du fourgon s'ouvre, l'interrompant à son tour. Un gradé entre, interroge du menton ; l'hirondelle acquiesce. Jean marmonne. La réprimande tombe immédiatement. Il a envie de dire que ce n'est pas lui qui occupe ses matinées en se jetant dans le vide ; mais il se pince aussitôt les lèvres en songeant que c'est exactement ce qu'il a fait la veille, à sa manière, en abandonnant son moyen de subsistance… Pourquoi n'arrive-t-il pas à leur demander si…

Les mots s'étranglent dans sa gorge. « Euh… Marinette est-elle… ? » Serait-ce les prémices d'un sentiment, d'un bout d'émotion ? Il opine du chef, ce serait trop beau, trop facile pour expliquer ce qu'il ressent et pourquoi il agit de la sorte. Tiens, un homme des secours fait son entrée, accompagné de l'un de ses voisins de palier ! Jean tait trop tard son « Comment allez-vous ? » enjoué. L'autre, surpris, bégaie en réponse sans réfléchir et pâlit, mal à l'aise. Jean n'a de cesse que tout cela finisse enfin.

Une autre éternelle et merveilleuse seconde ; Marinette sirote encore un peu ce temps qui n'appartiendrait définitivement qu'à elle, lorsqu'elle remarque le cercle en bas, grandissant. Sa chute vertigineuse semble subitement s'accélérer pour la jeter sans qu'elle y puisse mais, juste au centre des bras tendus, en bas sur le trottoir. Marinette, pendant qu'il en est encore temps, se noie dans les nuages. La seconde d'après, elle se niche violemment de tout son poids, de toute sa chute, au creux de la toile tendue par les secours.

Elle s'évanouit en touchant le sol, bien que l'impact terriblement brutal soit amorti. Après un long cri, la foule déborde le cordon de sécurité et se précipite sur Marinette.

L'un des pompiers qui tient à bout de bras la toile se relève et hurle à la cantonade qu'elle est vivante.

Jean va l'apprendre dans un instant. Il va devoir faire bon ménage avec une fausse culpabilité. Il va devoir jouer la comédie ; son banc l'attend !

II

Le temps avait passé. L'automne finissait de refroidir l'air et d'effacer les dernières traces feuillues de la ville. La grisaille prenait ses quartiers à l'approche de l'hiver. Depuis une semaine, un crachin tenace lustrait les trottoirs du matin au soir.

Comme tous les samedis, Jean se préparait à rendre visite à Marinette. Marinette qui allait sortir de la maison de repos après-demain ; un après-demain qui arrivait trop tôt, songeait-il.

Jean s'installe dans sa cuisine. Une ampoule nue diffuse une lumière froide. Il réajuste ce qui reste du miroir brisé accroché au mur. Avec lenteur, presque sans conviction, il se badigeonne le visage de mousse à raser puis fait crisser doucement la lame de son rasoir sur sa joue tirée.

Il n'avait toujours rien dit à Marinette. Elle ignorait qu'il faisait semblant de partir tous les jours au travail, qu'il n'avait pas payé le terme. Elle ignorait tout de sa démission, et de bien d'autres choses encore… Peut-être bien attendait-il son retour uniquement pour faire son bagage, ne pas oublier sa mauvaise conscience et partir le cœur lourd ; peut-être bien était-ce ce à quoi il pensait en attaquant le pli délicat de la fossette de son menton.

Un coup dans un sens, un coup dans l'autre, encore un… Voilà ! Il peut contempler l'image tronquée de son pâle visage, un reste de savon aux lobes des oreilles. Il pose délicatement son coupe-choux dans la cuvette émaillée et contemple la vase savonneuse qui se déchire le temps de gloutonner la lame dans un gargouillis et de reprendre sa face étale, juste pour le sourire d'un souvenir d'enfance, lorsque son père finissait de se raser.

Il écrase le restant d'une cigarette qui s'est consumée avant qu'il en ait tiré une bouffée coincée dans l'une des gorges du cendrier, puis en allume une nouvelle. Assis sur le tabouret bancal, adossé à l'évier, il la savoure lentement et passe en revue sa fausse semaine à l'atelier. Il invente les petits faits qu'il serinera à Marinette un peu plus tard en réponse à ses questions d'ennui, ses questions d'habitude. Pour ne pas avoir à parler d'une vie à venir, s'il y en a une. Jean tire sur son mégot : il sait qu'il arrivera en retard, comme tous les samedis, avec aux lèvres le même prétexte invariable.

« Allez, il est temps ! », se dit-il en se levant pesamment. Une dernière fois, il lui faut prendre sa sacoche de cuir, descendre à l'heure de midi à la station de métropolitain. Avant de faire poinçonner son ticket, il s'arrêtera au kiosque et achètera pour Marinette le numéro de « Point de vue - Images du monde ». Il en profitera pour feuilleter à la sauvette le « Hérisson » et y puiser une ou deux blagues qu'il prétendra avoir entendu raconter à l'atelier. Le genre de blagues qui faisaient rire aux éclats Miguel.

« Mais si ! Miguel ! Rappelle-toi ! Le collègue dont le fils avait fait une chute d'escalier. – Quand cela ? – Le mois dernier, l'année dernière, peu importe ! Le mioche s'était alors fracturé les deux jambes en dévalant les marches quatre à quatre pour faire comme les grands ! – Les assurances sociales pour les *Espingos* ? Sais pas. »

Jean revoit la scène. Une minute plus tôt, Miguel riait à se tordre les boyaux à chacune des plaisanteries quotidiennes qui fusaient sur son compte… Il ne comprenait pas toujours les moqueries grasses qui pleuvaient sur lui. En fait, Miguel ne saisissait jamais les calembours ; alors il faisait semblant, pour s'attirer à bon compte de fausses sympathies et se donner l'illusion qu'il était un peu des leurs. Hélas pour lui, Miguel ne racontait jamais de blagues : ne parlait pas suffisamment bien le français, avait trop d'accent catalan dans la bouche !

À cette évocation, Jean se sent soudainement mal à l'aise. Les regrets et les excuses pensés suffisent-ils, effacent-ils le mal des mots et des battements de cils surpris, des apartés malsains ?

Jean se surprend à dire à haute voix qu'il n'était pas le seul à l'atelier à se moquer de lui, loin de là ! La vendeuse de journaux le dévisage bizarrement, avec un brin d'apitoiement. Pauvre homme, n'est plus le même depuis que sa femme a fait le grand saut… « Pauvresse toi-même, penserait Jean s'il avait pu l'entendre. T'entraves que dalle ! » Marinette n'a rien à voir avec cela, il s'agit de Miguel !

Lorsque sa femme, terrorisée, l'avait appelé au secours, il avait cru à une nouvelle plaisanterie de l'atelier. Le collègue avait ri au téléphone en écoutant le charabia incompréhensible de la pauvre femme et avait brocardé une nouvelle fois Miguel. Lui n'avait pas saisi la plaisanterie de « pigeon vole, *Espingo* vole » à propos de son fils Miguelito. Les moqueries ne s'étaient tues que lorsque chacun avait compris la gravité de la situation.

Jean se fustige. Il voit aujourd'hui ce qu'il s'était refusé de voir sur le visage de Miguel à l'époque : toute la détresse du monde, toute l'angoisse d'un père qui avait cherché chez chacun d'eux une marque de fraternité. Après les rires, était venue l'insidieuse indifférence parée d'une compassion feinte. Miguel était tout de suite rentré chez lui, cédant en cela aux conseils amicaux bien intentionnés. Le lendemain, il s'était fait renvoyer dès son arrivée pour avoir quitté son poste de travail sans autorisation. Le patron s'était saisi à bon compte de ce prétexte pour se débarrasser d'un employé aux idées, le pensait-il, trop républicaines.

Jean bat sa coulpe. Personne n'avait levé le petit doigt pour défendre Miguel ; personne n'avait osé braver les blouses blanches. Et dire qu'il allait une fois de plus lui prêter de mauvaises blagues pour tromper encore un peu Marinette. Mal pour moi, mal pour moi ! se répète-t-il en rejoignant le quai de la station en direction de Denfert-Rochereau.

Miguel… Qu'était-il devenu après cela ? Le temps n'a d'importance que si l'oubli demeure. Aujourd'hui, Jean sait qu'il n'oubliera jamais plus Miguel.

Jean a préféré, comme à l'accoutumée, le bois du strapontin à celui de la banquette. Ça y est ! La rame plonge dans le tunnel avec un fracas étourdissant. L'obscurité se fait une seconde, le temps que les plafonniers s'allument. « Dubo, Dubon, Dubonnet » s'affiche à nouveau sur les flancs de la voûte, puis ce sont les mètres de fils plaqués à la paroi qui ondulent.

Une expiration profonde et sonore : le piston entre en action, la station suivante est déjà en vue ; un crissement, un claquement, le quai Pasteur s'annonce avec ses placards publicitaires encadrés de faïence italienne.

« Dubo, Dubon, Dubonnet. » Jean s'ensommeille. Et si le métro ne s'arrêtait pas à la prochaine station et roulait des heures durant, juste pour retarder le moment des retrouvailles hebdomadaires ? Hélas, Montparnasse interrompt déjà le cours de sa rêverie. Les portes s'ouvrent sur un chassé-croisé turbulent de voyageurs pressés. « Pressés de quoi faire ? », se demande Jean peu enclin à se lever malgré la forêt de jambes qui l'enserre.

Son voisin cède le premier et rejoint la position verticale. Jean n'en a cure : il a la ferme intention de ne laisser sa place qu'au dernier moment ! Il se retourne et colle son visage contre la vitre, au moment où la rame stationnée en sens inverse repart.

« Nom d'une pipe ! », lâche-t-il, en reconnaissant son bonhomme à la barbe fleurie qui roupille comme un sonneur, affalé sur un siège de quai.

Jean frappe inutilement contre le carreau ; l'autre ne l'entend pas. Autour de lui, on commence à chuchoter des réflexions peu amènes lorsqu'une brève et vive secousse chahute sévèrement l'affluence. Cris de stupeur, les mains cherchent fébrilement un point d'arrimage. Jean, toujours vissé à son strapontin, esquisse, vengeur, un rictus moqueur tandis que ses pensées filent vers le vieux bonhomme entr'aperçu l'instant d'avant.

Les sourcils froncés, il tâche de se rappeler les mots exacts que lui avait adressés l'homme lorsqu'il l'avait vu pour la première fois, cette nuit-là. « Ça ne va pas, mon gars ? » Mais ensuite, s'interroge-t-il, que m'avait-il dit ?

Une autre station se présente. Jean a envie de hurler que l'on fasse moins de bruit autour de lui : cela le déconcentre !

Il se souvient ! « Ça ne va pas mieux, mon gars ? », et puis « À demain ! » Voilà, c'est cela : un lendemain qui n'était jamais venu. Marinette avait plongé justement le matin suivant…

Denfert-Rochereau, première étape avant de prendre le train. Jean somnole à présent sur les banquettes froides du quai balayé à tout vent. Il a boutonné le haut de son bleu de travail ; toujours le même depuis qu'il a quitté l'atelier. Il a bien été tenté de le jeter, mais il s'est retenu. Ce n'est pas encore le moment. Il l'usera donc, le salira jusqu'à la dernière extrémité, jusqu'à ce qu'il prenne son bagage lorsqu'enfin ses veilles seront récompensées.

Après la chute de Marinette, il avait interrompu, à regret, ses heures nocturnes sur le banc, le temps qu'elle quittât l'hôpital psychiatrique pour un séjour dans une maison de repos. Pendant toute cette période, il avait continué cependant à donner le change au voisinage en partant comme si de rien n'était tous les matins à la première heure pour ne rentrer que tard le soir, le plus souvent à pied.

Lorsqu'elle avait été admise dans un établissement de repos, il n'avait eu de cesse que de retrouver le banc, son banc, son billet pour le voyage qui lui était promis.

Les habitués des promenades canines nocturnes s'habituèrent à voir un homme s'installer régulièrement à la même place, dans une position figée tout orientée vers l'un des arbres bordant la ligne aérienne. De bavardages en commérages, l'on sut rapidement qui il était et l'on se méprit sur les raisons de sa présence. On le plaignit en silence, en indifférence affectée, en passant à portée de voix non loin de son banc, la laisse à la main.

Au petit matin, invariablement, Jean se dépêchait de décaniller, un peu avant la première rame, pour filer chez lui et se préparer à faire semblant. Il repartait presque aussitôt « pour l'atelier », rejoignait au plus vite le métro et trouvait quelque part dans Paris une station où il pouvait s'assoupir incognito, faire l'apprentissage de la mendicité, du mépris et, pire encore, de la compassion. Dieu, que certains bagages sont difficiles à faire, quand l'amour-propre s'en mêle, songeait-il ; mais le prix en valait la peine.

Marinette sortait le lundi suivant, et la chance avait voulu, durant cette période, qu'à aucun moment, en quelque station qu'il fût, Jean ne rencontrât ou ne fût reconnu par quiconque. En fin de journée, ses maigres oboles en poche, il rentrait en passant toujours par l'Étoile, première station de la ligne qu'il empruntait lorsqu'il revenait de l'atelier, comme si rien n'avait changé dans sa vie. Il s'empressait alors de remonter chez lui, s'impatientant de ne pas redescendre tout de suite. Quand l'animation à l'extérieur s'était calmée et que l'immeuble plongeait doucement dans la quiétude, il quittait l'appartement le cœur battant et dévalait l'escalier à pas de loup rejoindre son poste d'espérance.

Jean soupire, s'étire, s'amuse à faire craquer les jointures de ses phalanges : le train s'annonce dans un fracas épouvantable, tremblant le quai de tout son long. Quand enfin il s'arrête, les portes s'ouvrent brutalement, libérant leur flot de voyageurs toujours aussi pressés d'aller quelque part. Jean se distrait un instant à les observer courir se mettre à l'abri dans les couloirs chauffés, le temps que la marée montante s'approprie les places libérées.

À la seconde où le sifflet déchire ses tympans, Jean se dit qu'il prendrait bien le train suivant, et pourquoi pas, même, celui d'après. Marinette lui reprochera-t-elle enfin une arrivée chaque fois plus tardive ? Ou bien fera-t-elle comme d'habitude semblant de ne pas s'être impatientée, occultant les heures passées derrière la fenêtre de sa chambre à guetter l'entrée des visiteurs dans l'allée principale. Oubliera-t-elle le coup de brosse rapide à ses cheveux, l'illusoire bonne mine offerte au prix d'une piqûre d'aiguille au bout d'un doigt pour quelques gouttes de sang badigeonnées à ses joues ? Et lui ? Qu'aura-t-il à lui offrir en retour hormis ses retards et ses absences à venir ? Son désamour ? Mais encore fallait-il avoir aimé… Jean illusionne son cœur pour y trouver ne serait-ce qu'une parcelle d'amour, en vain. Il n'a même pas cela à lui offrir. Il reste seul avec le mal-être grandissant de ne pas connaître le chagrin de l'amour qui s'en va, qui s'éteint d'avoir trop enflammé les cœurs. Il ne lui reste qu'un désir de trottoir, un désir d'entre-deux, un désir aussi froid que ce quai à ciel ouvert qui le voit laisser passer le temps, train après train.

Quand enfin il se décide à monter dans le wagon, la petite nuit s'est déjà installée. Au bout du trajet, trouvera-t-il encore à cette heure un autocar pour le conduire jusqu'à l'établissement ? Peut-être arrivera-t-il au-delà du retard ? Non, se dit-il. Je n'y suis pas malheureusement, pas encore, je suis encore loin du trop tard.

Un claquement sec : les portes, guillotine horizontale, se referment traîtreusement en une fraction de seconde au signal. À monter trop lentement, Jean manque de se faire happer le bleu. Il étouffe un juron et doit s'agripper au poteau central pour ne pas tomber aux premières secousses du démarrage.

Rapidement, le convoi cahotant prend de la vitesse ; Jean remonte en chavirant l'allée centrale vers la plate-forme surélevée, inoccupée, en tête de rame. Les rares voyageurs présents s'amusent distraitement à suivre sa lente progression vers la partie la moins confortable et la plus vibrante du wagon, juste au-dessus des boggies. Il y parvient enfin et s'affale lourdement. Désormais bien calé dans l'angle près de la fenêtre, à l'écart, il adresse un sourire grimaçant appuyé aux autres passagers – moins d'une dizaine – pour leur signifier que le spectacle est terminé.

Le train amorce une longue courbe dans un interminable grincement strident. Il sautille sur une série d'aiguillages avant de reprendre son crissement. Personne ne résiste dans le wagon. Les figures grimacent et les mains se portent aux oreilles. Accoudé au rebord de la vitre dans une attitude nonchalante, visage posé sur son poing fermé, Jean fait mine de ne pas entendre.

Subitement, plusieurs secousses préludent au ralentissement brusque du convoi à l'approche du quai. L'obscurité est totale jusqu'à ce que le train stoppe au bout d'un quai extérieur, désert, que de faibles loupiotes éclairent tristement à sa vue. Les portes s'ouvrent et avalent de grandes rasades de froid. Trois personnes descendent. Jean se tortille sur lui-même pour fouiller une à une ses poches et trouver ses allumettes.

Les saccades reprennent, le train s'élance à nouveau. Jean extrait de son paquet ratatiné de Celtiques une cigarette légèrement aplatie qu'il allume. Il en tire une bouffée gourmande, puis aussitôt une autre.

Les arrêts successifs ont peu à peu raison des quelques passagers. Jean reste seul dans le wagon. La partie omnibus de la ligne est enfin terminée, il ne sera plus dérangé maintenant jusqu'à destination. Il va pouvoir profiter d'une longue période de tranquillité pour somnoler, bercé par le rythme régulier et ininterrompu des claquements des boggies. Peut-être bien retrouvera-t-il en songe son banc et son arbre ? N'était-ce pas le petit plaisir qu'il voulait offrir à son impatience ? Mais il arrive parfois que la mémoire choisisse ces courts instants pour souffler à la surface des rêves les souvenirs oubliés que l'on croyait avoir effacés de sa conscience, bonne ou mauvaise.

Jean glisse doucement sur la banquette, le corps alangui par le sommeil : sa bouche entrouverte exhale un léger ronflement. Il a glissé une main à plat sous sa veste, juste à la hauteur du plexus ; l'autre, paume retournée, enserre le paquet de Celtiques et les allumettes. Le train file dans la nuit à vive allure, traversant en pointillé lumineux un paysage sombre d'où surgissent de temps à autre des maisonnettes aux fenêtres éclairées, sagement alignées derrière les jardinets bordant la voie ferrée.

Une sonnerie retentit : c'est une gare traversée ou un passage à niveau abaissé ; à moins que ce ne soit un réveil posé sur une tablette de nuit marquant le début d'une journée qui n'existe pas et qui n'appartient qu'à la vie des rêves…

Pour la sempiternelle fois, une infirmière demande à Marinette si elle est contente de rentrer chez elle après-demain, d'autant qu'avec les visites du week-end, elle n'aura pas l'impatience de voir le temps passer, n'est-ce pas ? Marinette affiche une mine réjouie. La blouse blanche la taquine gentiment : elle ne tardera pas à oublier tout le monde ici.

« Allez, va ! lui dit-elle. C'est toujours comme ça ! Une fois la grille franchie, personne ne se retourne, et peut-être est-ce mieux ainsi… Nous sommes tous très confiants à votre sujet, enchaîne-t-elle. Vous avez de la chance d'avoir votre Jean, non ? Il est très attentionné avec vous… »

Marinette acquiesce avec une moue de jeune fille rougissante. L'autre insiste et lui suggère de faire un bébé au plus tôt. « Comme cela… – elle referme la porte de la chambre en achevant sa phrase – l'envie de marcher sur les toits vous passera définitivement… »

À peine l'infirmière a-t-elle quitté la pièce, que Marinette efface de son visage toute gaieté et retrouve la mélancolie qu'elle dissimule à tous. Comme d'habitude, elle ne prendra pas les comprimés qu'on lui a apportés, comme d'habitude, elle fera semblant, comme d'habitude… Encore un petit effort, s'encourage-t-elle : plus que deux jours et ce sera le retour chez elle, sous son toit ; elle s'oblige à rire en s'entendant dire « sous son toit… ».

Midi sonne ; les heures s'égrainent, éteignant peu à peu la lumière jusqu'au soir. Il fait maintenant nuit. Elle ne distingue plus grand-chose à l'extérieur de sa fenêtre donnant sur l'allée principale, excepté la grille. « Mon pauvre Jean, songe-t-elle, décidément tu es de plus en plus en retard ; comme je te plains, comme je suis triste pour moi et tellement pour toi ! » À nouveau, une bouffée de chaleur l'envahit, une bouffée de Luna Park, une bouffée des jours heureux, des jours d'amour, des jours aux mensonges.

Marinette a terminé son repas dans la grande salle et s'empresse de retourner à son poste d'observation dans la chambre qu'elle occupe seule depuis une quinzaine.

Dans peu de temps, l'heure des visites sera dépassée et l'on fermera les grilles. Pourtant, Marinette ne doute pas un seul instant que Jean ne lui rende visite. Même trop tard, il se présentera jusqu'à l'entrée, passera sous le lampadaire qui l'éclairera. Alors elle l'apercevra, lui fera un petit signe, lui adressera un baiser qu'il ne verra pas ; mais qu'importe, puisqu'il sera venu ! Ensuite, elle essuiera ses joues, défera sa coiffure et se mettra vite au lit. On lui apportera ses pilules et il ne lui restera plus qu'à vivre la première de ses deux ultimes nuits de cauchemars en ces lieux.

Les derniers visiteurs ont quitté l'établissement. Elle ouvre la fenêtre, s'accroche aux barreaux, ignorant le froid. S'il arrive maintenant, à la minute, peut-être l'autorisera-t-on à venir la voir dans sa chambre, ne serait-ce qu'un instant ? Subitement une voix dans son dos la réprimande, Marinette pousse un mauvais cri de stupeur ; elle n'a pas entendu entrer l'infirmière. Ce n'est pas raisonnable : elle ne veut tout de même pas attraper une bronchite à la veille de partir, lance cette dernière en la scrutant bizarrement, surprise elle aussi de lire sur son visage une expression qu'elle croyait avoir disparu. Marinette se reprend, sourit sans convaincre sa visiteuse qui ne peut s'empêcher de vérifier les fers torsadés de la croisée avant de la fermer. Marinette se trouble à nouveau. Après un court silence pesant, l'infirmière lui demande sèchement d'avaler tout de suite ses médicaments et de se coucher. Marinette obtempère en trompant son monde, tout en priant que Jean ne se présente pas à l'entrée au même moment. Elle se glisse sous les draps, le dos tourné pour ne pas avoir à supporter la brûlure des pupilles méfiantes qui l'examinent.

D'interminables secondes s'écoulent avant que la lumière ne s'éteigne et que la porte de la chambre ne se referme sur l'intruse. Marinette reste un instant aux aguets sans bouger puis se lève silencieusement et, vêtue d'une liseuse, revient à la fenêtre à pas feutrés. Il n'y a plus personne à la grille.

La sonnerie s'est interrompue, Jean sait que cela ne peut être son réveil : il est dans un train de banlieue qui l'amène vers Marinette. Il fait nuit, il est seul dans le wagon. Il croit qu'il ne dort pas, qu'il somnole juste un peu, juste suffisamment pour imaginer la joie d'un enfant essayant de courir jambes raides, écartées ; juste pour imaginer la joie de Miguel devant son fils qui marche enfin et faire ainsi un petit tour dans ses souvenirs.

Lorsqu'il avait été renvoyé, Jean n'en avait pas parlé à Marinette. Il avait continué à le faire participer à ses journées de travail comme si de rien n'était. Miguel par ci, Miguel a fait ça, il nous a fait rire avec ceci, avec cela…

Marinette avait même proposé à Jean d'inviter celui qu'elle croyait être son meilleur camarade de travail. Elle se faisait une joie par avance de les rencontrer, lui et sa femme. Peut-être qu'elles aussi pourraient devenir amies, pourquoi pas ? Pourquoi pas, avait répondu Jean en changeant de sujet. Les jours suivants, chaque fois qu'il ne pouvait s'empêcher de parler de Miguel, elle réitérait sa demande et, chaque fois, il trouvait une nouvelle excuse pour que cela ne se fît pas. Avec le temps, il avait essayé de moins parler de lui, mais c'était sans compter Marinette. Quelle mouche l'avait donc piquée ? Il ne se passait plus trois jours sans qu'elle lui posât des questions à son sujet. Elle s'était même prise d'intérêt pour ce qui se passait en Espagne sous la dictature franquiste.

Puisqu'il repoussait sans arrêt de le faire, elle avait décidé de les voir un soir tous les deux à la sortie de l'atelier et de l'inviter. Elle était sûre que Miguel accepterait avec joie puisque c'était de bon cœur. Jean devait lui prêter plus de retenue qu'il n'en avait en réalité !

Quelle mauvaise surprise cela avait failli être ! Par chance, Jean avait été retenu avec quelques collègues un peu plus tard que d'ordinaire, en raison d'une commande importante à livrer urgemment. Il était sorti deux heures après le gros de la troupe et avait aperçu Marinette qui patientait sur le trottoir d'en face. Revenu de sa stupeur, il avait eu la tentation de faire comme s'il ne l'avait pas vue pour filer en courant vers la bouche de métro, mais un appel répété l'en avait immédiatement dissuadé. « Tu n'es pas avec Miguel ? », lui avait-elle aussitôt demandé. « Vous ne faites une partie du chemin ensemble habituellement ? », avait-elle surenchéri.

À cet instant, Jean avait souhaité les pires tourments à cet *Espingo* de Miguel qui lui empoisonnait la vie par son omniprésence. À cet instant, il aurait pu, par méchanceté, avouer la vérité à Marinette ; il aurait pu lui dire qu'il était en congé, malade pourquoi pas. Qu'il avait changé de travail, qu'ils s'étaient disputés, ou bien d'autres choses encore qui traversèrent son esprit. Au contraire, il s'entendit dire que Miguel était sorti avec les autres deux heures auparavant. Ne l'avait-elle pas vu ? Il n'était pas au bout de ses surprises. Elle lui répondit que oui, et qu'elle avait failli l'aborder, mais qu'au dernier moment elle n'avait pas osé tant il faisait grise mine en passant près d'elle. « Quelque chose ne va pas chez lui ? Quelqu'un de malade ? » Blême, Jean s'était étonné.

Pourquoi lui avoir demandé tout à l'heure si Miguel était avec lui puisqu'elle l'avait vu partir ? Toute penaude, Marinette avait alors concédé qu'elle n'était pas sûre que ce fût lui. Elle en fit une description que Jean modifia à petites touches, juste pour le rendre suffisamment anonyme et entretenir la confusion. Ce fut l'unique fois qu'ils firent ensemble tout le trajet jusqu'à l'appartement.

Par la suite, Jean déploya des trésors d'imagination pour effacer de sa maison la présence envahissante de Miguel. Un jour, c'était à la fin du repas dominical, Marinette avait fini par lui dire qu'elle s'était faite à l'idée que Miguel ne viendrait jamais chez eux. Il était inutile qu'il continuât à parler de lui devant elle puisque, apparemment, elle n'était pas digne de faire sa connaissance. Au contraire, lui avait-il répliqué par fanfaronnade, peut-être le voyait-elle en cachette ! Cette anicroche s'était terminée par une sortie de table silencieuse et un enfermement boudeur dans la chambre. C'était tout ce qu'il attendait. Il était sorti faire un tour et n'était rentré qu'au petit matin, presque à l'heure à laquelle il se levait habituellement pour aller travailler.

Il s'était ennuyé à marcher sans but pour se retrouver, un comble pour un dimanche après-midi, devant les portes closes des ateliers. Il s'était installé à la terrasse du café hôtel-restaurant où il prenait parfois ses repas le midi quand il partait travailler sans sa gamelle.

Depuis un bon moment, il vagabondait son regard au gré de l'animation de la place en sirotant un blanc citron. Aux tables voisines se jouaient d'infernales parties de dominos. Il s'était rapidement lassé des exclamations bruyantes qui accompagnaient les claquements des rectangles sur les tables en formica ; il avait alors épuisé son attention à observer les mouvements des branches feuillues des arbres et les voitures défilant lentement devant lui à la recherche d'une place où se garer. Il était arrivé trop tard pour suivre les opérations de nettoyage à la fin du marché qui prenait ici ses quartiers le dimanche.

Un deuxième petit ballon devant lui, à l'ombre d'un parasol, les jambes étendues, Jean se sentait bien, à mille lieux de la rue du Commerce. Et puis une ombre, une silhouette plutôt, avait traversé le trait de sa vision entre ses paupières mi-closes.

La première fois, il n'y avait pas attaché d'importance et avait continué à se prélasser. Peu de temps après, la forme s'était présentée à nouveau. Cette fois-ci, Jean avait reconnu Miguel qui faisait les cent pas devant la terrasse du café. Miguel ! Que diable faisait-il là ? Qu'est-ce qui pouvait bien l'amener à traîner là un dimanche après-midi, s'était-il interrogé en oubliant un peu facilement qu'on pouvait lui retourner la même question. Devait-il lui faire signe ou bien l'ignorer ?

Il avait esquissé un sourire crispé, tout en songeant qu'il n'allait tout de même pas s'excuser pour son renvoi. Après tout, il n'avait pas été le seul à l'avoir encouragé à partir sur le champ sans explication. Miguel s'était planté devant lui, à contre-jour. Il n'aurait su dire s'il souriait ou s'il était renfrogné. Dans le doute, il s'était levé et s'en était allé aussitôt oubliant de payer ses consommations. On l'avait alors rattrapé et devant un Miguel un brin moqueur il s'en était acquitté en rougissant avant de repartir sans se retourner, sans un au revoir, sans plus un mot.

Il avait rejoint les quais de Seine et, continuant à marcher tranquillement, il était allé jusqu'à l'île Saint-Germain, à Issy-les-Moulineaux. Là, il avait fait une nouvelle halte dans un estaminet, avalé deux ou trois blancs citron supplémentaires.

Le temps s'était écoulé encore un peu ; il avait rejoint les quais de Seine afin d'y dénicher un coin tranquille au bord de l'eau et s'y allonger.

Ces instants de quiétude n'avaient duré. Riant aux éclats, une paire de jupes avait fait irruption.

En contrebas, adossé à un saule pleureur, bien que hors de vue de ses visiteuses, Jean, tout sourire, ne perdit rien de leur conversation animée et joyeuse. Il allait se montrer quand d'autres voix – masculines celles-là – surgirent à leur tour et tentèrent d'interrompre les bavardages pour lier connaissance. Jean ne fut pas longtemps à sa déception. Les jupes ne s'en laissèrent pas conter et prièrent les voix de remballer leurs fades boniments. Les voix insistèrent. Ravi de la tournure de la situation, Jean décida d'entrer en scène, priant les godelureaux de cesser d'importuner ces jeunes personnes.

Il plaça aussitôt son habituel verbiage fleuri de tournures élégantes, fut étourdissant, plein d'à-propos, charmeur au possible. Peu après, chacune de ces demoiselles au bras, il se retrouvait dans l'arrière-salle de l'estaminet qu'il avait laissé un peu plus tôt. En le voyant, le garçon lui adressa immédiatement un clin d'œil complice et lui suggéra la commande d'une roteuse. Avant même qu'il ait prononcé un mot, les charmantes personnes avaient accepté avec de petites exclamations enjouées. Dans la foulée, on les installa à une table, la bouteille de mousseux courant déjà derrière le garçon. Jean avait l'esprit trop échauffé, il suivit le mouvement.

Il se grisa au jeu de la séduction, autant avec l'une qu'avec l'autre. Les verres se remplirent et se vidèrent au fil des rires.

Il était tard. Les lumières s'allumèrent subitement dans l'établissement. Plein d'assurance, le garçon, toujours lui, s'apprêtait à donner une troisième petite sœur à « l'aînée » qu'il débarrassait lorsque dans un sursaut de conscience Jean réagit en proposant, à la surprise générale, d'en rester là.

Le patron, qui avait suivi la scène de loin, se demanda ce qui venait de réveiller ce pigeon en goguette que l'on plumait tout de bon. Délaissant son comptoir, il rejoignit la table de Jean. Un problème ? Quelque chose ne lui avait pas plu ? Jean remercia l'homme de sa diligence tout en lui faisant remarquer qu'il n'était pas suffisamment saoul pour vider à ses frais la cave de l'établissement. Puis, il se retourna vers les deux jeunes femmes interdites pour leur proposer de les raccompagner. À moins que le garçon n'en eût l'habitude... Avant que le ton ne montât, Jean régla à prix d'or les mousseux et sortit, avec un salut courtois à la compagnie.

Il n'avait pas fait dix pas que l'une des jeunes femmes le rejoignait pour le prendre par le bras. Ce n'était pas celle des deux qui aurait eu sa préférence mais il se laissa faire, il lui restait encore quelques sous en poche !

Ils marchèrent sans un mot une dizaine de minutes avant d'arriver devant un petit immeuble de trois étages à la façade décatie. Elle lui dit simplement que c'était là qu'elle habitait. Jean lui adressa un sourire muet. Elle se tenait maintenant dans l'entrebâillement de la porte d'entrée. Elle actionna l'interrupteur, une tulipe grésilla puis éclaira un couloir sombre au bout duquel on devinait un escalier raide. Jean, un pied sur la marche du perron, ne disait toujours rien. Elle mit inutilement un doigt sur ses lèvres et lui fit signe de la suivre. Jean zieuta la voûte céleste constellée d'étoiles et s'y égara un instant. Elle revint à la charge ; la porte de son studio n'était qu'à deux mètres, lui murmura-t-elle dans un souffle brûlant. Jean songeait déjà au lendemain qu'il n'aurait pas dans le lit de cette fille ; il regrettait son départ avant même d'avoir franchi le seuil de son logis. La pensée qu'il fût obligé de rentrer chez lui pervertissait cette rencontre et lui gâchait son plaisir. Alors pourquoi ne pas partir tout de suite ? se fustigea-t-il intérieurement. Pourquoi ? Tout simplement parce qu'il venait d'entrer chez elle et de refermer la porte derrière lui… Toujours sans un mot, il l'observa tirer les volets, éteindre le plafonnier au profit d'une lampe à abat-jour recouvert d'un tissu, allumer deux petits bâtons d'encens et disparaître derrière un paravent, une japonaiserie de bazar représentant sur ses quatre panneaux le Fuji-San à chacune des saisons. Il avait retiré sa veste et s'était engoncé dans un fauteuil bas.

Porté par les blancs citron et le mauvais mousseux, il s'égara au-delà du sommet enneigé. La voix se fit plus forte, presque un rappel. Jean n'avait pas écouté un traître mot de ce qu'elle lui racontait. Il sembla émerger de sa rêverie ; elle portait sur ses rondeurs nues un déshabillé léger comme un voile dans le ton du paravent. Elle avait dû lui poser une question, mais laquelle ? À nouveau, il ressentit la même lassitude que tout à l'heure, lorsqu'il avait planté la compagnie à l'estaminet. Il n'avait plus envie de se lever. Il s'entendit lui demander… Elle fouilla dans les poches de sa veste et lui lança son paquet de Celtiques. Jean se donna le temps d'une cigarette pour se ressaisir. Le temps pour elle de lui retirer délicatement son mégot et de lui offrir ses lèvres gourmandes en retour. Tout aussi délicatement, elle le déshabilla, l'embrassant au passage jusqu'à affoler son désir, jusqu'à ce qu'il la culbute furieusement sur le lit. Au bout de la nuit, lequel des deux s'abandonna le plus ?

Jean s'était réveillé instinctivement aux aurores. Sans bruit, tout doucement, il s'était glissé hors du lit, délaissant les formes câlines, pour enfiler ses vêtements à tâtons dans la pénombre et déposer – après une hésitation – des billets avec mauvaise conscience, dont il devinait qu'elle les refuserait avec tristesse quand elle les trouverait. Il avait résisté à la tentation d'embrasser une dernière fois ce corps alangui qui s'était donné sans retenue, refréné son désir et était parti sur la pointe des pieds comme un voleur de cœur.

Dehors, au seuil de l'immeuble, il avait guigné les persiennes closes en frissonnant : il devait se hâter s'il voulait être chez lui à temps pour repartir à l'atelier. Il était encore trop tôt pour qu'il songeât à Marinette.

Il était parti en courant, sans se retourner. Elle s'était réveillée à son tour. La lumière allumée, elle avait tout de suite vu les billets sur la table, posés à côté de la lampe à abat-jour. Elle s'était levée aussitôt pour se précipiter dehors et l'avait aperçu qui disparaissait au coin de la rue à grandes enjambées. Que savait-elle de lui ? Que savait-il d'elle ? Reviendrait-il un autre dimanche ? Le reverrait-elle à l'île Saint-Germain ? Pour lui dire quoi ? Qu'elle ne le ferait jamais payer, parce qu'il était sûrement comme elle, définitivement seul ? Assise sur le bord de son lit, elle commença à mal rêvasser en se donnant des espérances inutiles, en se racontant des salades, uniquement pour se donner l'illusion de vivre. Un peu plus tard, la copine frapperait à sa porte lui donner la moitié du pourboire gagné à l'estaminet. Une façon comme une autre d'arrondir les fins des maigres semaines, une combine mise au point avec son amie et le garçon. Ensuite, elle la questionnerait sur sa nuit avec le gogo… Les heures passeraient avec le secret espoir douloureux de le revoir.

Jean croyait bien l'avoir entendue l'appeler. Il avait alors accéléré le pas ; la peur de céder au caprice d'une autre aventure, la peur de céder à la facilité d'autres mensonges du cœur. Alternant la course et la marche, il finit par s'arrêter, à bout de souffle.

Les mains sur les hanches, il tenta de faire disparaître son point de côté et d'effacer de son esprit l'obsession du corps qu'il venait d'abandonner. Le point se calma, l'obsession persista. Il lui restait beaucoup de chemin à faire avant d'arriver chez lui. Il prolongea son répit un court instant en concédant à ses lèvres un sourire plein de concupiscence, puis repartit de plus belle.

La défaite annoncée était trop agréable : dimanche prochain, d'une manière ou d'une autre, il retournerait à l'île Saint-Germain ! À moins que cela ne fût samedi, juste pour le plaisir de rester à la chaleur de ces rondeurs au-delà du petit matin et pour se faire pardonner les billets lâchement glissés sous la petite tortue posée sur la table basse. Il était trop tard maintenant pour qu'il songeât à Marinette.

Enfin le boulevard de Grenelle fut en vue. En nage, avec à nouveau une pointe à chacune de ses respirations, il ne rompit néanmoins pas son effort. Au carrefour de la rue du Commerce, il bifurqua, coudes au corps, et poursuivit jusqu'au pied de son immeuble. Alors seulement, il s'autorisa une dernière pose ; puis, il entreprit l'escalade de ses six étages silencieusement, pour que le voisinage ne jasât pas sur leur compte à peu de frais. Marche après marche, il monta sans que le craquement du plancher réveillât un signe de vie. Mais lorsqu'il atteignit son palier, il eut la désagréable surprise de voir la porte de son appartement s'entrouvrir doucement sur Marinette, plus rassurée qu'en colère de le voir enfin de retour.

Elle ne lui fit pas de scène, simplement elle lui demanda d'une voix douce de se dépêcher s'il ne voulait pas être en retard à l'atelier. Elle avait préparé du café chaud... Jean lui répondit alors, dans un souffle, qu'il s'était endormi à la belle étoile sur les quais de Seine. Le silence s'installa, ni Jean ni

Marinette ne s'adressèrent la parole avant qu'il ne reparte. Et c'était probablement mieux ainsi.

Le soir, en sortant de l'atelier, Jean s'aperçut qu'il n'avait pas pensé une seule fois à Marinette de la journée, ni d'ailleurs à… Il se moqua de lui, son nom lui était sorti de l'esprit. Il alla droit vers le café hôtel-restaurant et s'attabla devant ses habituels blancs citron. Édith ! Voilà, il s'en souvenait maintenant. Une bouffée de désir monta en lui ; dimanche prochain aurait un sens. Il s'impatientait déjà de la retrouver.

Dans le métro qui le ramenait rue du Commerce, il souhaita que Marinette lui évitât une discussion du genre de celles qu'il abhorrait. Il avait terriblement besoin d'être seul, non pas qu'il envisageât de quitter Marinette – les premiers mois de leur rencontre n'avaient pas trois ans – mais sa simple présence eût suffi à tuer les regrets qu'il souhaitait ardemment ressentir. Juste pour se donner l'illusion d'avoir quelques sentiments et la mauvaise conscience de souffrir.

Le seuil de son immeuble franchi, il eut un piètre sourire. Ce matin lui semblait déjà une éternité. Il prit un malin plaisir à monter plus bruyamment les escaliers qu'il ne le faisait à l'accoutumée, pour déranger délibérément le voisinage. Encore trois étages, puis deux ; pourvu qu'elle n'entrebâillât pas la porte comme ce matin. Parfait, s'exclama-t-il intérieurement en arrivant sur le palier. Il frappa doucement. Aucune réponse. Il eut un accès de joie. Lui aurait-elle fait la bonne surprise de ne pas être là ? Il sortit son trousseau, ravi, pour constater la minute suivante que les rideaux de la chambre étaient tirés et que Marinette était déjà couchée, dormant ou faisant semblant de dormir.

Était-ce depuis ce soir-là qu'elle ne l'avait plus attendu, ou bien avait-il fallu d'autres lassitudes, d'autres silences, pour qu'elle laissât un couvert s'il rentrait tard et qu'elle se couchât, s'illusionnant au matin à bon compte chaque fois que Jean avait répondu à son désir.

La sonnerie retentit, tout cela n'a duré que le temps d'une fausse somnolence. Jean se ressaisit, extirpe une dernière Celtique de son paquet. La gare approche. Il s'interroge encore, il n'a pas fait le tour de ses souvenirs oubliés. Il gigote, s'étire. Il resterait bien là, au chaud sur la banquette, mais les trains finissent toujours par s'arrêter et vous laisser quelque part. Le grincement se prolonge jusqu'au bout du quai, dans sa partie découverte. Jean hésite encore un peu ; finalement, il se précipite pour soulever le loquet et saute du marchepied. Le froid le saisit. Les rares passagers descendus du train s'engouffrent dans le tunnel qui passe sous les voies et rejoint la sortie principale devant laquelle est stationné l'autocar. Mains dans les poches, le mégot vissé aux lèvres, Jean se fait éventer par le convoi qui s'ébranle avec fracas. Sans se presser, il emprunte lui aussi le couloir souterrain.

A-t-il oublié qu'il ne reviendra pas demain voir Marinette, qu'il se retrouve ou non devant les grilles closes ce soir ? Alors que ne se hâte-t-il pas ? N'entend-il pas le ronronnement du diesel prêt à partir ? « Dépêche-toi, Jean ! », semble lui crier une petite voix, celle-là même qui s'était manifestée à propos de Miguel. Il lui reste encore une volée de marches à gravir pour déboucher à l'extérieur… et rater l'autocar. Il se fait violence et se rue au-devant du machiniste et lui fait signe.

Blocages des roues, les portes à soufflets s'entrouvrent : il s'en est fallu d'un rien. Jean grimpe ; une secousse, le Chausson redémarre ; il s'installe à la place solitaire juste derrière le chauffeur. Un virage, puis un autre, une courte ligne droite, un autre virage, un stop, un arrêt, à aucun moment le car n'arrive à prendre réellement de la vitesse jusqu'à l'établissement psychiatrique. Jean regrette d'avoir écouté la petite voix, d'avoir pris ce car qui, de toute façon, l'amènera trop tard. Il aurait préféré pour sa bonne conscience faire tout le trajet à pied et se pointer à la pleine nuit, toucher alors les grilles comme on touche un en-but, dire un bonjour en pensée à Marinette, et repartir le bagage un peu plus lourd.

Voilà, il est arrivé. Il ne lui reste plus qu'à traverser la route. Les grilles sont juste en face. Naturellement, elles sont fermées. Le poste de garde est éteint. Jean s'approche et se plante sous le lampadaire qui éclaire l'entrée. Au bout de l'allée, au second étage, derrière une fenêtre, une main s'agite et souffle un baiser heureux quand même. Jean ne distingue pas grand-chose, se déhanche, et lance au hasard un petit signe. Voilà ! C'est fait, c'est dit. Jean commence à sentir un drôle de poids sur ses épaules. Il peut repartir. Il a toute la nuit et le matin, peut-être, pour rentrer à l'appartement. Marinette peut se coucher avec au cœur le rêve fou que son petit bonheur n'est pas mort.

Son Jean est venu, n'est-ce pas là l'essentiel ? N'a-t-il pas encore un demain pour venir rien que pour elle ?

III

Aujourd'hui, c'est dimanche. Enfin, le dernier dimanche ! L'esprit embrumé par les médecines, Marinette se pince l'avant-bras afin de se convaincre qu'elle est bien réveillée.

Pour s'être si souvent trompée, elle avait cessé de prendre ses pilules, espérant ainsi échapper à l'abrutissement. Pas un seul instant, elle n'avait pensé qu'on pouvait lui administrer les drogues à son insu dans la nourriture qui lui était servie quotidiennement. Peu importait qu'elle prît ou non ses comprimés : ce n'était que des placebos !

Invariablement, la drogue finissait par l'abrutir. Au beau milieu de la nuit, l'infirmière passait dans sa chambre vérifier son premier sommeil artificiel qu'elle prolongeait d'une piqûre, sans que Marinette, assommée, perdue dans ses rêves troubles, s'en rendît compte.

Ainsi, depuis son arrivée dans l'établissement psychiatrique demandait-elle invariablement tous les matins à la fille de salle qui ouvrait ses stores si c'était dimanche.

Cette fois-ci, mon Dieu, elle ne rêve pas ! Aujourd'hui est sa dernière journée pleine en ces lieux. Demain sonnera l'heure du départ.

« Non, Jean n'est pas venu hier. Arrivé trop tard ! » Comment le sait-elle ? Elle l'a vu sous le lampadaire, derrière la grille ! « Ah ? Et à quelle heure ? » Étonnant : elle dormait à poings fermés à ce moment-là…

Marinette a subitement un choc au cœur. Son esprit chavire, elle ne sait plus. Pourtant, il ne faut surtout pas que la fille de salle remarque quoi que ce soit. Ce serait trop bête, à la veille de la liberté... Se peut-il qu'elle ait rêvé la venue de Jean ? Et si c'était un piège ? Un dernier test avant de la laisser partir. Qui cherche à tromper l'autre ? Que se passe-t-il ?

La fille la toise malicieusement : cela n'est pas grand-chose ! Tout le monde croit ce qu'il voit ; mais ce que l'on voit, est-ce bien la réalité ? De toute façon, elle ne dira rien. Elle aime bien Marinette, elle regrette déjà leurs conversations !

Marinette esquisse un faible sourire en songeant qu'elle peut lui faire confiance, qu'elle doit lui faire confiance ! N'ont-elles pas l'habitude de parler toutes les deux, chaque matin ? « Mais de quoi ? », lui demande-t-elle d'une petite voix. La fille n'écoute pas. Marinette insiste plus sèchement qu'elle ne l'aurait voulu. Qu'a-t-elle bien pu lui raconter depuis qu'elle est ici ? Et d'abord, depuis quand est-elle ici ? Un mois et demi, lui rappelle gentiment la fille. Un mois et demi ! Marinette n'en revient pas. Le temps se bouscule en elle, à nouveau le vertige la prend. Elle se coule séance tenante dans son lit, entre ses draps protecteurs. La fille remarque son léger malaise. Il ne faut pas se laisser aller à la veille de la sortie, n'est-ce pas ? Marinette approuve d'un petit signe. Cela ira, c'est fini, ment-elle. Maintenant, persiste l'autre, elle doit finir de lui raconter la chute.

Elle ne s'était jamais sentie aussi bien que durant l'éternité de sa chute. Ces secondes seraient à elle pour toujours, personne ne pourrait les lui prendre. La police avait essayé, les médecins avaient essayé, même Jean à sa façon en ne lui demandant rien. Et maintenant cette gentille fille, qui essayait innocemment à son tour. Personne ne lui volerait son trésor : la seule chose vraiment à elle, la seule chose qu'elle avait été capable d'enfanter de toutes ses fibres. Ils ont beau la droguer, il lui suffit de fermer les yeux pour retrouver intactes toutes ses émotions, toutes ses sensations. Cela définitivement ne se partagerait qu'avec l'enfant à naître ; mais cet enfant, elle ne le porte pas encore !

Marinette s'est assoupie sans s'en apercevoir. La fille de salle s'en est allée. Elle n'est pas de service demain. Elle ne connaîtra jamais, elle non plus, le vertige de Marinette. Dans le couloir, on l'interroge. Marinette doit dormir encore un peu, il est trop tôt pour descendre au réfectoire prendre l'avant-dernier petit-déjeuner.

À aucun moment, elle n'avait eu peur. Lorsqu'elle avait touché le sol, au bout de sa chute, elle n'avait pas craint de se faire mal. Tout juste avait-elle été un peu sonnée en se nichant dans la bâche tendue par les secours. Des bras puissants l'avaient immédiatement extraite du creux de tissu pour l'envelopper et la conduire, à travers la foule curieuse, dans une ambulance. Au passage, elle avait eu le temps de lire quelques-unes des expressions de ces visages anonymes venus voir une désespérée qui n'en était pas une. Expressions qui faisaient désormais partie de son trésor, de sa lune secrète.

Chaque fois que le sommeil la prenait, Marinette espérait vivre et revivre à l'infini ce moment-là. Mais à chaque fois, quelque chose venait interrompre le cours merveilleux de ces instants. Elle se réveillait, se levait pour s'attrister à nouveau entre les quatre murs de sa chambre, bien qu'elle n'y fût pas enfermée ; entre les quatre murs du parc, bien que l'enceinte fût ouverte ; entre les quatre murs de sa vie, bien que ce ne fût pas une vie sans le cœur de Jean.

Cette fois-ci, plus encore que les précédentes, elle avait souhaité que ce rêve fût au rendez-vous. Hélas, il n'en est rien. Elle s'éveille, s'assoit sur son séant, les jambes pendantes au bord du lit, la cervelle embrumée.

Il ne lui reste plus qu'à ingurgiter les comprimés, qu'elle a fait semblant d'avaler la veille au soir, pour replonger dans son sommeil au plus vite. La porte de sa chambre s'ouvre malheureusement trop tôt. Il est grand temps pour elle de descendre prendre son petit-déjeuner ; ce n'est pas un hôtel, la réprimande-t-on gentiment. Effectivement, ce n'est pas un hôtel, songe Marinette, ni même un hôpital : c'est une prison ! hurle-t-elle intérieurement. Pire encore, une prison où l'on vous vole votre esprit, vos chimères et vos pensées… Mais une prison d'où elle va s'échapper d'ici peu, lui commande un fond de raison, contrairement à beaucoup de ceux qu'elle retrouve au réfectoire.

Chacun à tour de rôle, c'est la règle, y sert, débarrasse et fait la vaisselle, sous la vigilance attentive d'un tas de muscles chargé de faire régner l'ordre, par la violence si besoin est. Tout le monde le craint, ou plus exactement tout le monde craint ce qu'il brandit lorsque le chahut commence : la camisole ! À son moindre signal, les infirmiers arrivent et c'est le séjour en cellule capitonnée. Marinette connaît la chanson ; elle s'arrange toujours pour se mettre à l'écart, quitte à accepter plus qu'à son tour la corvée, afin de ne pas avoir à subir ce à quoi elle a assisté et, pire, ce que la fille de salle lui a raconté un jour, en grande confidence.

Comme souvent, elle est la dernière à retirer son plateau. Après un bonjour à Mario, l'infirmier de garde, elle se dirige « à traîne pantoufles » vers sa table lorsque l'une des pensionnaires s'en prend, sans raison apparente, à chacune de ses voisines. Mario se précipite pour séparer les harpies qui se chamaillent avant que le charivari ne dégénère.

Marinette s'est levée et s'est plaquée le dos au mur, la crainte au ventre que tous aient droit à la piqûre. Pas aujourd'hui, se lamente-t-elle, pas aujourd'hui ! On la bouscule ; elle ne réagit pas. On l'appelle, on l'invective. Elle est comme paralysée, avec une seule idée : ne pas donner prise à quoi que ce soit ; se taire, se fondre avec le mur. Finalement, on l'empoigne pour l'évacuer. Elle cède à la panique, commence à se débattre pour échapper à une camisole qui ne lui est pas destinée. Il faut une heureuse intervention pour qu'elle se retrouve au bout du compte à nouveau dans sa chambre. Elle tend par avance son avant-bras, grimace déjà à la douleur de l'aiguille, mais ne sent rien. Elle ouvre ses paupières. Elle voit la blouse blanche se pencher sur elle, lui dire des mots apaisants, des paroles réconfortantes. Pourquoi ne pas lui faire plaisir et avaler les comprimés qu'on vient lui apporter ? De toute façon, même après son départ d'ici, il lui faudra continuer à en prendre. Marinette s'apaise : on continue à lui parler du départ…

Il y a longtemps que le calme est revenu. Finalement, la cellule capitonnée n'a pas eu de visite : une simple injection a suffi à ramener un brin de raison dans l'esprit des protagonistes de l'algarade au réfectoire. Personne n'est venu déranger Marinette, réfugiée dans un ailleurs ; son ailleurs, où elle cherche à repriser le temps pour que le présent soit ce qu'elle souhaite tant.

La matinée suit son cours, elle est en grande conversation avec la vendeuse des quatre-saisons, Denise, sa petite vieille, qui a quelques tendresses à son égard et qui ne cesse de lui rabâcher aux oreilles : « Profite ma petite, profite ma jolie ! » Jolie ?

Elle ne se rappelle pas une seule fois que Jean lui ait dit le plus sérieusement du monde, avec les mots du cœur, qu'elle était jolie. « Pourquoi ? Oui, pourquoi ? », s'interroge-t-elle. Denise ride un peu plus sa face vieillie d'une grimace rieuse et lui rétorque en silence : « Les autres reflètent la beauté que l'on a en soi ! » Peut-être alors n'est-elle pas suffisamment belle pour qu'il la regarde autrement.

Marinette se fâche gentiment contre Denise : elle prend un peu trop vite le parti de Jean ! Comme tout le monde, au demeurant, chaque fois qu'il est question de lui. Mi-vexée, mi-jalouse, elle houspille celle qu'elle a paradoxalement retrouvée sommeil après sommeil depuis qu'elle a été admise dans cet établissement.

Ainsi donc, ce matin, dans un reste de conscience, en revoyant Denise, Marinette lui demande si elles continueront à se parler quand elle aura quitté les lieux. Denise fait mine de ne pas entendre, comme toujours lorsque Marinette se pose à elle-même une question dérangeante. Comme toujours, elle n'aura d'autre réponse que celle qu'elle voudra bien se donner.

Subitement, quelque chose dérange la scène. Denise s'estompe peu à peu tandis qu'une autre voix prend place dans le rêve de Marinette, une autre voix l'appelant doucement mais fermement. Marinette reconnaît le signal habituel du départ, de son retour à l'éveil. Elle constate amèrement que ses bagages d'attente sont vides…

« Il n'est plus l'heure de flemmarder, jeune fille ! », lui reproche-t-on gentiment. N'a-t-elle pas entendu la cloche du déjeuner ? « Toujours la dernière, Marinette, n'est-ce pas ? En tout cas, pas question de faire attendre le professeur cet après-midi. »

Marinette reçoit une décharge électrique. Elle s'était imaginée ne plus retourner dans son cabinet de consultation, ne plus soutenir ses pupilles noires qui la mettent mal à l'aise, ne plus répondre à ses interrogations qui, l'air de rien, déshabillent son âme et ses pensées les plus secrètes. « Et s'il changeait d'avis après les incidents de ce matin », s'affole-t-elle. Et s'il décidait de prolonger son séjour ? Marinette ne peut réprimer la tremblote qui la saisit tout entière.

« Cela ne va pas, Marinette ?

— Juste un peu froid », réplique-t-elle en claquant des dents.

« Juste un peu froid... », répète-t-elle tandis qu'au plus profond d'elle-même la voix de Denise lui crie de se reprendre. « Cesse de brailler ! Je ne suis pas sourde ! », s'exclame-t-elle intérieurement.

À cet instant, la porte de la chambre s'ouvre brutalement sur l'aide-soignante poussant son chariot. Surprise, Marinette se pince les lèvres avant de lui adresser un sourire penaud, puis s'enquiert de ce qui va lui arriver.

« D'abord, vous allez prendre votre repas, puis vous vous promènerez au soleil, dans le parc ; ensuite il sera temps de voir monsieur Tilouet. Après, ce sera la visite de Jean, le dîner, une bonne nuit de sommeil et demain... Demain, Marinette, la vie, à nouveau la vie, rue du Commerce ! Ne vous inquiétez pas, tout ira bien. Pensez à Jean, pensez à demain. Une fois chez vous, vous aurez tout le loisir de parler avec qui vous voulez ; avec vous-même, si cela vous chante ! »

Marinette fait un petit signe à Mario : encore une table à desservir et il pourra sortir la colonne roulante sur laquelle sont étagés les plateaux et la poubelle. Marinette a pris un soin particulier à nettoyer chaque table du réfectoire, à balayer chaque parcelle de carrelage de la pièce pour fixer dans sa mémoire l'occupant de chacune des places. Mario finit par la presser doucement : d'autres corvées l'attendent. Marinette lui adresse un large sourire sans pour autant accélérer la cadence.

« Un peu de patience ! Une dernière fois, s'il te plaît Mario, laisse-moi le temps de ne rien oublier », semble-t-elle lui dire à demi-mot. Un peu de temps, pour ne pas aller tout de suite dans le parc, pour ne pas être tentée de partir, de s'enfuir, pour retarder le moment d'aller dans le cabinet du professeur Tilouet. Hélas, on appelle Mario à cor et à cri. Marinette se retourne une dernière fois avant de pousser le lourd chariot jusqu'à la sortie. Mario prend aussitôt le relais et boucle la salle.

Le soleil a eu vite fait de ranger ses rayons pour les offrir à d'autres latitudes. Les nuages se sont à présent emparés du ciel et font régner la grisaille. La froideur installe peu à peu ses quartiers, glaçant petit à petit jusqu'aux racines la végétation dénudée.

À l'arrière de la bâtisse, Marinette arpente consciencieusement une allée bordée d'arbres soigneusement taillés entourant un grand parterre de gazon, au centre duquel trône un kiosque à musique avec ses corneilles d'occupantes, furieusement bruyantes de se voir dérangées à tout bout de champ. Elle enchaîne, au même pas lent, les perpendiculaires gravillonnées partageant l'ensemble en quatre rectangles délimités de petits arceaux métalliques.

Les premières gouttes ont fait leur apparition, d'abord par intermittence, puis franchement. Marinette s'est réfugiée sous la coupole en plein courant d'air. Elle s'amuse à suivre les derniers attardés se précipiter à l'abri dans l'établissement comme des poules mouillées, la queue basse vers leur poulailler.

Les minutes s'écoulent. La pluie pénètre maintenant à l'intérieur par un toit qui bâille au ciel de toute part, un toit juste bon pour elle et les oiseaux qui ont maculé le sol de fientes acides. Elle a beau être frigorifiée, pelotonnée contre un pilier oublié des gouttières, pas un seul instant elle ne songe à quitter les lieux. Il lui faut jouer avec le temps : le temps qu'il soit trop tard pour le rendez-vous, trop tôt pour l'arrivée de Jean. « S'ils veulent me voir, qu'ils viennent me chercher là où je suis ! » songe-t-elle, persuadée qu'on ne la trouvera pas de sitôt.

Hélas, à peine dix minutes plus tard, un infirmier se précipite vers elle, le parapluie de secours à la main. On la conduit en salle d'attente. Elle est la seule patiente. Son expectative s'éternise en ces lieux silencieux. Dans la pièce surchauffée, Marinette est prise d'une douce somnolence.

Les quarts d'heure s'enchaînent sans que la porte capitonnée du cabinet de consultation du docteur s'ouvre. Personne, semble-t-il, ne se préoccupe le moins du monde de la patiente endormie. Jambes allongées, les bras croisés sur un buste légèrement incliné, bien calée, Marinette est repartie rue du Commerce, au temps du tout début, lorsqu'elle venait de s'y installer avec Jean.

Ils s'étaient mariés à la sauvette. Jean lui avait présenté au dernier moment, pour toute famille, le collègue de travail qui allait être son témoin à la mairie. Marinette se rappelait avec un pincement au cœur qu'il n'avait pas souhaité de cérémonie religieuse ni de repas de fête, autant par convictions libertaires que par souci d'économie.

Peu importaient les raisons puisque demeurait, encore maintenant, le regret de ne pas avoir pu faire partager sa joie à ceux qui lui étaient chers. Un mariage à la sauvette, un matin d'août, car l'atelier fermait à cette période ; en début de mois puisque l'appartement venait de se libérer et que la logeuse le destinait à un couple sans enfants, pour la tranquillité de l'immeuble.

Dans son rêve, Marinette se fait mal en pensant que l'amour avait pu ne pas être au rendez-vous ce jour-là. C'est Denise qui lui a fourré cela dans le crâne, un jour où, particulièrement en colère, elle lui avait suggéré méchamment que Jean l'avait épousée uniquement pour avoir un appartement qui le rapprochât de son travail. Venir de la ceinture rouge et traverser tout Paris pour Luna Park était une chose ; mais le faire quotidiennement pour aller jusqu'à Boulogne en était une autre…

Marinette étouffe un sanglot. Pourquoi Denise s'ingénie-t-elle toujours à l'attrister en écorchant chaque fois un peu plus son pauvre cœur. Jean l'aimait, il ne pouvait en être autrement ! « Alors, surenchérit Denise, pourquoi avoir cessé de l'attendre ? Pourquoi avoir remisé aux oubliettes les soirées d'antan ? Pourquoi retenir les doux regards, les gestes tendres ? Pourquoi ? »

Marinette connaît la réponse mais la tait encore un peu. « Jusqu'à quand ? », insiste Denise.

Jusqu'à son retour dans l'appartement, jusqu'aux retrouvailles dans leur nid perché sous les toits de Paris, jusqu'au recommencement de leur vie à deux, jusqu'à leur nouveau départ.

« Dans la même direction ? », susurre Denise insidieusement. Ça… Marinette n'est pas encore allée suffisamment loin en elle pour pouvoir y répondre.

D'autres images traversent son esprit, d'autres instantanés égarés sur la mer de ses souvenirs oubliés. Mais il lui faut renoncer à les évoquer. Une main à la fois ferme et douce agite son épaule. Une voix lui parle, une voix grave et profonde, mêlée d'un éclat de rire. Marinette finit par reprendre conscience et voit, penché sur d'elle, le professeur Tilouet.

Encore entre deux eaux, elle se redresse et le suit dans son cabinet tandis qu'il lui reproche affectueusement d'avoir commencé la séance sans lui.

« Vous ne m'avez jamais parlé de cette Denise, qui est-elle ? », attaque-t-il en préambule de leur entretien.

Marinette sent les mots rédhibitoires monter à portée de ses lèvres… Des mots de présentation qui pourraient lui coûter quelques jours supplémentaires dans l'établissement.

Heureusement, la sonnerie du téléphone retentit juste à cet instant. Le bon docteur lui fait un petit signe. Il décroche le combiné et lui offre ainsi quelques précieuses secondes de répit : juste ce qu'il faut à son esprit pour finir de se réveiller et taire Denise.

Ignorant la conversation en aparté du docteur, Marinette se lance dans un monologue fougueux où les transformations de son appartement occupent l'essentiel de son propos. Elle n'a nulle intention de se satisfaire d'un badigeon, insuffisant pour tirer un trait ou entamer, c'est selon, une nouvelle page après ce qui a été et ne doit être à jamais qu'une parenthèse malheureuse. Elle a entendu dire qu'il est important d'avoir au lendemain de la sortie une saine activité : voilà donc quel sera son projet. Un peu comme s'ils emménageaient tous les deux pour un nouveau départ. Ensemble ou chacun de leur côté ? Denise n'a pas laissé passer l'occasion de poser pour la énième fois cette même question sournoise. Marinette se retient de dire à voix haute qu'elle ne va certainement pas trouver une réponse dans le cabinet du docteur Tilouet…

La conversation au téléphone s'éternise. Marinette rêvasse en détaillant chaque recoin de la pièce. Trop vite malheureusement, car le correspondant au bout du fil n'en finit toujours pas. Il lui faut encore attendre. Elle aimerait bien se lever mais n'ose pas quitter son siège. Alors elle croise et décroise ses jambes, soupire, se trémousse légèrement. À intervalles réguliers, le docteur lui adresse un sourire ; pour la faire patienter ou l'engager à reprendre son monologue ? se demande-t-elle. De longues minutes s'écoulent encore.

Depuis combien de temps est-elle là, enfermée dans l'atmosphère surchauffée et étouffante du cabinet de consultation ? Des heures, semblent lui répondre son agacement et la moiteur de son épiderme. « Tout juste un petit moment », lui rétorque le tranquille bien-être du docteur qui, après une exclamation amusée suivie rapidement des formules d'usage, prend enfin congé de son interlocuteur.

Marinette tressaille. Il va revenir à son interrogation à propos de Denise, elle en est sûre. Mais il commente au contraire ses projets à propos de l'appartement, soulignant qu'il a parfaitement entendu ce qu'elle racontait pendant qu'il était en ligne. Marinette se trouble, ne sachant plus quoi ajouter. Il enchaîne aussitôt de sa voix douce et mélodieuse, l'entraînant avec lui dans un jeu subtil de questions-réponses, puis revient à Denise… Marinette secoue sa frimousse comme une petite fille boudeuse et lui offre un sourire plein de détresse. Il fait mine de ne pas comprendre et continue. Comme à chaque fois, Marinette cède à sa manière : pour détourner la conversation, elle se met à parler, parler à flots continus jusqu'à se saouler de ses propres paroles, jusqu'à ce que le bon docteur Tilouet, à bout de notes, juge que la séance est terminée.

À peine dehors, Marinette se précipite dans les couloirs, n'ayant de cesse que de retrouver sa chambre et de prendre une bonne douche. Elle file se réfugier dans la salle de bains sous le cône protecteur de la cascade d'eau. Les paupières closes, elle prend le temps de l'apaisement, le temps que les milliers de gouttelettes tièdes fouettent et caressent la moindre parcelle de sa peau. La découverte de ce mode d'aspersion et des sensations qu'il engendre aura été pour Marinette une révélation au-delà de l'imaginable. Que n'aurait-elle donné pour ressentir indéfiniment cette sensation ! Oui, cette sensation dont elle avait senti les prémices en s'élançant du toit…

Jean tarde à présent. Le jour a fini de s'en aller, l'infirmière est passée, le repas a été expédié, la corvée est terminée et, comme la veille, il n'est pas encore là !

Elle s'est réfugiée dans son lit et s'est recroquevillée complètement sous les draps. Jean sera venu jusqu'à la grille d'entrée, jusque sous le lampadaire, aura lorgné en direction du bâtiment et n'aura pas entrevu son signe derrière la fenêtre ; il s'en sera retourné. Qu'en aura-t-il pensé ? Marinette imagine de toute son énergie qu'elle est encore à la fenêtre. Lorsqu'il se présentera aussi en retard qu'hier, peut-être Jean la verra-t-il avec le cœur ?

Enfin, le matin tant espéré pointa : frisquet, pluvieux, sans clarté, comme un matin de novembre, cependant joyeux, puisque matin du départ. On vint dans sa chambre la gigoter sans ménagement pour l'extirper du sommeil de plomb qui la clouait sous ses draps. Marinette finit de s'éveiller, la bouche pâteuse, l'esprit brumeux.

L'heure de midi approchait. Il avait cessé de pleuvoir. Marinette en termina avec les formalités administratives. Son billet de sortie en poche, elle s'installa dans le hall quelques instants, au cas où, tout en sachant pertinemment qu'il n'y aurait pas de miracle.

Jean n'avait certainement pas obtenu la faveur d'une journée pour venir la chercher ; alors, pourquoi perdre du temps à l'attendre ? Ne valait-il pas mieux rentrer sans tarder chez elle ? Chez elle !

Une bouffée euphorisante l'envahit. Elle ferma les yeux une seconde, ou peut-être bien deux, et s'imagina y être déjà d'un battement d'aile… ou peut-être bien de deux. Elle était libre ! Libre !

« Guérie ? », questionna intérieurement Denise. Elle répondit immédiatement, en silence, qu'elle savait bien qu'elle n'avait jamais été malade.

Elle continuait de siroter tranquillement en imagination son retour lorsque vint à passer une fille de salle qui, s'inquiétant aussitôt de la voir solitaire, la submergea d'un flot de questions et de remarques compatissantes. Marinette l'interrompit sur-le-champ et la rabroua presque, en lui jetant au visage des mots oublieux, peu reconnaissants de la gentillesse dont elle avait fait preuve à son égard durant tout son séjour. Elle n'avait que faire des phrases trop empreintes de sollicitude que la pauvre fille venait de lui servir, seule la présence de Jean lui importait aujourd'hui,

Sur ce, elle abandonna la jeune fille et, la valise à la main, se dirigea à grandes enjambées vers la sortie. Elle passa devant le poste de garde et franchit enfin la grille qu'elle avait si souvent effacée dans ses rêves.

Quelques pas encore : juste le temps d'une halte sous le lampadaire éteint à cette heure et d'une œillade en direction du bâtiment, de l'étage, de la fenêtre où la veille… Elle murmure à son Jean, le cœur en joie, qu'elle arrive, elle vient à lui comme il est venu à elle le soir de Luna Park, ce soir où, à la cabane foraine, il lui avait offert le plus beau des cadeaux, la plus tendre des paroles.

Les gouttes de pluie firent leur réapparition. Marinette prit ses jambes à son cou et fila se réfugier à l'arrêt d'autocar, un appentis constitué de tôles en fibrociment, orienté plein ouest et encombré d'un banc sale.

Elle ne fut pas la seule à s'y précipiter. Rapidement, chacun dut se serrer comme il le pouvait dans l'exiguïté des lieux pour ne pas se faire tremper. Poussée par les nouveaux arrivants, Marinette se retrouva bientôt coincée au fond de l'abri derrière une forêt d'imperméables et de blousons nullement en partance.

La pluie glaciale redoubla. Il n'y avait plus la moindre petite place à l'intérieur ; aussi une haie transie et mouillée se forma-t-elle de part et d'autre, qui se disloqua dans une belle cohue à l'arrivée éclaboussante du car.

Encombrée de sa valise, Marinette s'employa à contourner vigoureusement le siège de béton et franchir le ressac de ceux qui s'empressaient d'occuper instantanément l'espace libéré. Dans une bousculade bon enfant, elle réussit finalement à s'extirper de l'abri et à sauter sur le marchepied, évitant de justesse d'être happée par les portes à soufflets qui se refermaient dans une expiration bruyante.

Furieuse, elle adressa alors à demi-mot quelques sentences vipérines au machiniste, qui lui rendit aussitôt la politesse en embrayant sèchement ; les secousses du démarrage la projetèrent douloureusement contre les arceaux des premières banquettes. Il enchaîna aussitôt par un virage sec qui acheva de mettre à mal son équilibre instable.

Ce fut par la suite une lutte sans merci contre les soubresauts incessants du car qui filait à pleine vitesse sur la route cahoteuse. Malheureusement pour l'amour-propre du chauffeur, l'itinéraire le força rondement à abandonner les nids de poules pour rouler sur une portion bien bitumée. Marinette en profita pour s'agripper au premier accoudoir écaillé et s'y accrocher à pleine main jusqu'à l'arrêt suivant. Le machiniste essaya bien encore un peu, à l'occasion des virages, de déstabiliser sa passagère récalcitrante. Mais au bout du compte, il ne parvint qu'à s'attirer l'antipathie générale de ses voyageurs bringuebalés par ses saccades sur une chaussée rendue glissante par la pluie.

Enfin, dans un soulagement général, une station se présenta. Il monta plus de passagers qu'il en descendit. On dut même lever les strapontins pour libérer l'allée centrale et permettre ainsi à tous d'entrer. Le machiniste eut beau afficher son panneau complet : à chaque nouvel arrêt, on chercha à grimper coûte que coûte dans le car, quitte à empêcher les soufflets de se refermer. Le ton monta, des noms d'oiseaux fusèrent, des menaces s'échangèrent, puis un calme ballotté et précaire prévalut. Les carreaux finirent de s'embuer, des journaux s'ouvrirent à demi, des cigarettes s'allumèrent, on toussa, on bavarda et l'on arriva tant bien que mal à la gare.

Après un dernier tangage sévère, le machiniste manœuvra son véhicule jusque devant le hall. Ce ne fut pas une mince affaire que de procéder à l'ouverture des portes bloquées par des passagers installés sur les marches intérieures. L'énervement faillit reprendre jusqu'à ce que des bonnes volontés peu soucieuses du matériel de la compagnie les forçassent sans ménagement.

Marinette se laissa entraîner par le flot d'impatients qui craignait de rater le train, annoncé par les haut-parleurs dans la minute suivante. Elle se fit littéralement expulser du car par la meute attardée des passagers.

Elle courut comme tout le monde sans demander son reste et fit la queue au guichet pour acheter son billet de train. Un aller sans retour, un aller simple pour la maison ! Pour la maison ? « Pour Paris ! » rectifia-t-elle au moment où le train faisait son entrée dans un vacarme épouvantable.

Le précieux rectangle cartonné au bout des doigts, elle se précipita dans le passage souterrain, accéda ainsi au quai opposé et se hissa dans l'une des voitures de seconde classe.

Une fois à l'intérieur, elle se cala dans l'angle de la banquette de moleskine.

Une secousse sèche, suivie d'une autre, donna le signal du départ. Marinette soupira d'aise, s'étira, regrettant presque que la clarté de ce jour ne fût pas moindre et que le train, par je ne sais quelle magie, ne la déposât jusque chez elle, jusque dans son appartement, jusque dans son lit, pour y rejoindre Jean.

Son Jean. Quelles pensées avaient-elles bien pu lui traverser l'esprit ? Quels rêves aussi ? Quels cauchemars peut-être, durant ces longs trajets, pour venir la voir ? « Moi je ne pense qu'à nous », se répondit-elle. « À nous ? », se réveilla Denise, toujours prompte à prendre la balle au bond, surenchérissant sur son absence un jour comme aujourd'hui. « Mais je te l'ai déjà dit, rétorqua Marinette, probablement qu'à l'atelier… Cela avait toujours été comme cela depuis qu'il y travaillait ! Cela avait toujours été… » Elle n'acheva pas le reste de son monologue et plongea dans une douce somnolence.

La pluie ne cessa de tomber, la lumière de s'éteindre avant l'heure, le ciel de brume de s'abaisser jusqu'au plus bas.

Les ruptures de tempo, les soubresauts sur les aiguillages passés à grande vitesse se succédèrent jusqu'au premier arrêt du tronçon omnibus de la ligne. Ensuite, ce ne fut qu'une suite ininterrompue de *stop-and-go* jusqu'à Denfert-Rochereau. Une fois encore, elle se laissa emporter par le flot pressé des voyageurs qui se ruaient vers les accès du métropolitain. Ballottée de gauche et de droite, elle réussit à se frayer un passage dans la cohue pour atteindre la station et donner son ticket au poinçonneur. Une rame se présenta à l'instant même où elle accédait aux quais.

Le doigt suspendu au-dessus du boîtier commandant l'ouverture générale, une casquette bleue s'éventait, portière ouverte. Au bout du freinage, elle libéra un chassé-croisé nerveux qu'elle interrompit quelques secondes plus tard, en carillonnant le signal du départ.

Marinette n'esquissa même pas l'ombre d'un mouvement pour se mêler à la ruée vers les voitures. Il y avait trop de monde pour espérer monter dans ce convoi. Elle pouvait bien attendre le suivant et le suivant encore, si nécessaire. Elle n'avait nullement l'intention de terminer son voyage de retour debout, encombrée de sa valise et serrée comme une sardine. Son retour méritait mieux qu'un trajet à la sauvette.

Marinette patienta. À intervalles réguliers, le quai était envahi par une cohorte de voyageurs prenant d'assaut, les unes derrière les autres, les rames qui se succédaient avec vacarme. Installée à l'écart des accès aux correspondances, la valise sagement posée sur ses genoux, Marinette s'était recroquevillée un petit peu plus sur son siège, observant le va-et-vient incessant devant elle. On passa et repassa, on s'assit à ses côtés, on se leva. Tantôt on l'ignora, tantôt on la dévisagea. Le poinçonneur se mit même à observer cette femme qui, à plusieurs reprises, avait fait mine de monter dans le métro, puis s'était ravisée et avait repris sa place promptement avant qu'un autre ne l'accaparât.

Le temps s'écoula au rythme des arrivées et des départs jusqu'à ce que Marinette choisisse enfin la rame qui la ramènerait à Jean, celle qui devrait lui porter bonheur.

Lorsqu'elle entra dans la station, elle n'était ni plus ni moins chargée de voyageurs que les précédentes. Elle n'était ni plus récente ni plus propre que les autres et n'avait rien de particulier. Mais alors, pourquoi celle-ci plutôt que la suivante ou la suivante encore ?

« Oui, pourquoi ? », insistait Denise. Parce que c'était ainsi ! Ainsi ? Oui, un signe de son cœur. Ou le hasard d'une somme de chiffres : le total de ceux qui composaient le numéro de la rame, affichés au-dessus de la cabine du conducteur, valait exactement 23… comme le vingt-troisième jour du mois, comme très précisément le jour où elle avait rencontré Jean !

Prise d'une soudaine euphorie, Marinette s'offrit le piment d'un voyage en première classe pour le prix d'un billet de seconde. On verrait bien si le destin à venir lui était favorable. Si elle échappait au contrôle, son jeu du cœur et du destin pouvait perdurer jusqu'au prochain arrêt ; sinon… Elle se refusa d'y songer.

Le convoi démarra pour plonger rapidement dans le tunnel, le temps d'un premier intermède, hélas trop court : les lumières de la station suivante s'annonçaient déjà. Le cœur de Marinette s'accéléra au moment où les portes s'ouvrirent. Il lui semblait maintenant que le métro mettait bien du temps à repartir. D'interminables secondes s'égrenèrent. Elle eut une poussée d'adrénaline. Qu'attendait-on pour fermer les loquets et s'en aller ? Qu'attendait-elle pour se ruer au-dehors et changer de voiture ? Au premier arrêt ?

Malgré le frisson qui lui parcourait l'échine, elle voulut continuer à jouer, ne serait-ce qu'encore deux ou trois stations. Sinon, comment savoir ?

Une impulsion des vérins : les portes se rejoignirent brutalement. En route pour la deuxième étape, se dit-elle tout en surveillant à la dérobée chacune des extrémités de sa voiture, au cas où des agents feraient leur apparition par les soufflets. À nouveau, on plongea dans le tunnel ; à nouveau, les lumières réapparurent ; à nouveau, Marinette ressentit la même montée d'adrénaline, mais elle résista à l'envie de quitter son siège pour s'installer en seconde classe.

Lorsque la rame quitta la station Pasteur, Marinette s'encouragea : il ne lui restait plus que… Elle n'acheva pas sa pensée. Deux casquettes bleues s'étaient engouffrées au dernier instant dans sa voiture. Elle se raidit et serra un petit peu plus sa valise posée sur ses genoux.

Les contrôleurs arpentèrent l'un et l'autre l'allée centrale, vérifiant les titres de transport qu'on leur présentait au fur et à mesure de leur progression. Marinette n'eut même pas le temps de l'espoir : il y avait trop peu de voyageurs dans le wagon pour échapper au contrôle avant le prochain arrêt.

Lorsque l'uniforme de la régie se planta devant elle et lui demanda son ticket, elle eut la bonne surprise de constater qu'elle n'avait plus peur, tant le regret d'avoir pour ainsi dire perdu son pari était fort. Elle leva le nez. L'homme souriait ; il n'y avait nulle sévérité dans l'expression de son visage, nulle agressivité dans le ton de sa requête. Elle lui rendit aussitôt son sourire et, dans un haussement d'épaules, lui montra, penaude, son titre de seconde classe. Un court silence s'ensuivit, durant lequel chacun sembla peser ses paroles. Marinette rompit le silence la première en avouant qu'au sortir de l'hôpital, elle avait tout simplement fait le pari de voyager ainsi, pour la promesse de jours meilleurs à venir… Il ne lui restait plus que deux stations avant d'arriver chez elle. L'homme rida son front, plongea ses yeux dans ceux de Marinette. La rame commençait sa décélération. Le collègue arrivait à son tour sans se presser : il avait visé le dernier passager. De chaque côté, les quais défilaient au ralenti. Des personnes se levèrent pour se saisir des loquets de porte. La rame stoppa.

À l'instant où les portes s'ouvraient, la voix impérieuse de Denise commanda à Marinette de se redresser et, profitant du mouvement des voyageurs, de jeter sa valise au nez du contrôleur pour se ruer à l'extérieur et s'enfuir à grandes enjambées sans se retourner. Tout au contraire, Marinette se fia calmement au regard de l'homme et lui obéit. Ils sortirent tranquillement de la voiture. Il l'entraîna un peu à l'écart de l'agitation des voyageurs et, là, lui annonça qu'exceptionnellement, il ne la verbaliserait pas, à condition toutefois qu'elle poursuivît son voyage en seconde ! Ainsi ne gâcherait-il pas un retour qui avait tant d'importance pour elle. Marinette faillit se jeter à son cou pour l'embrasser tandis que la rame s'en allait. La casquette bleue fit mine de l'abandonner et partit rejoindre le collègue en tête de station. Après un dernier mot tu, Marinette trouva sur le quai un siège libre et s'assit, dans l'attente du prochain métro.

Une autre rame fit son apparition. Il n'était plus l'heure de savoir quel en était le numéro. Marinette patienta jusqu'à l'ultime instant que les contrôleurs fussent montés, puis se précipita dans la voiture de première classe. Il n'était pas question de rompre la chaîne ! Elle ferait ce voyage intégralement en première classe, un point c'est tout ! À l'intérieur, après une pirouette sur elle-même, accrochée à l'un des poteaux, elle constata qu'il y avait encore moins de monde que dans son précédent wagon. Elle choisit, malgré les nombreuses banquettes vides, un strapontin situé en queue de voiture, au cas où ces messieurs reviendraient. Encore une station, soupira-t-elle, juste une et elle aurait accompli son rituel de retour.

Quand le métro s'arrêta, Marinette ouvrit les portes et se pencha à l'extérieur pour observer le manège des deux casquettes bleues. Le convoi libéra à gros bouillons un flot de voyageurs. Tout d'abord, elle ne vit pas grand-chose ; puis, elle se recula vivement à l'intérieur, juste à temps pensa-t-elle, à la seconde où les casquettes se répandaient à leur tour sur le quai. L'avaient-elles repérée ? Allaient-elles se précipiter vers elle ? Marinette tapa du pied impatiemment.

Le machiniste dut entendre son appel puisque les portes se fermèrent à l'instant. Le métro démarra. Marinette souffla, rassurée de ne pas avoir à affronter sans excuse la gentillesse du contrôleur. Les arcades métalliques de part et d'autre de la voie ondulèrent à nouveau de plus en plus rapidement, pour tout aussi vite ralentir et s'interrompre au terminus du trajet aérien de Marinette : La Motte Picquet-Grenelle.

Sa station, celle de Jean, celle de leur vie. Les pistons libérèrent leur pression avant l'arrêt complet de la rame. Elle souleva le loquet, actionna l'ouverture anticipée des portes, sauta et courut vers les escaliers. Dans son dos, la casquette bleue complaisante, un pied sur le quai, un pied dans la voiture, la vit sortir du wagon de première classe et, sans rien dire, la laissa s'enfuir, un petit sourire au coin des lèvres.

Elle se retrouva sur le boulevard, heureuse, presque comme jamais elle ne l'avait été, de retrouver son quartier, sa rue, son immeuble, son appartement perché sous les toits. Qu'importe la pluie glaciale qui lui fouettait le visage ; qu'importe la lumière grise qui plombait l'atmosphère en réveillant avant l'heure les éclairages des vitrines dégoulinantes et embuées ; qu'importe la cacophonie des automobiles agglutinées les unes derrières les autres de chaque côté de la ligne aérienne. En ces instants, Marinette, tout sourire, aurait embrassé la terre entière sur son passage.

Son cœur cogna plus durement dans sa poitrine lorsqu'elle poussa la lourde porte d'entrée de son immeuble. Elle fit une halte devant les boîtes aux lettres, effleura celles de sa rangée jusqu'à la sienne, en murmurant qu'elle était de retour. Une pointe d'inquiétude la tança subitement : elle était pleine, comme si Jean ne l'avait pas ouverte depuis son départ à l'hôpital ! Mais pourquoi donc ? Sans plus attendre, elle l'ouvrit et s'empara de la brassée de courrier en instance ; le rideau de la loge s'écarta. Marinette s'esquiva rapidement avant que la pipelette ne sortît de sa cage.

« Madame Zébédée ! »

Trop tard, Marinette avait déjà avalé le premier étage quatre à quatre sur la pointe des pieds. Un insistant « ouh ouh ! » monta dans la cage d'escalier, mais en vain : Marinette filait vers son palier.

En haut, elle prit le temps de reprendre sa respiration et arpenta le petit couloir qui desservait les appartements. L'échelle était toujours là, à sa place le long du mur. « Prête à l'emploi ! », suggéra Denise qui avait patiemment attendu pour se faire entendre à nouveau. Marinette se fustigea intérieurement d'avoir eu cette mauvaise pensée avant même d'avoir posé le pied sur le paillasson. Elle prit une profonde inspiration et tourna la clef dans la serrure. Bien évidemment, la porte était verrouillée. Comment avait-elle pu, une fraction de seconde, imaginer qu'il soit déjà à la maison ! Denise s'essaya à quelques réflexions mais Marinette les bâillonna aussitôt. Ce n'était pas le moment de se laisser aller. Elle posa sa valise et alla directement dans la chambre ouvrir les rideaux et aérer la pièce qui n'avait pas dû sentir l'air frais depuis belle lurette. Il ne lui restait pas beaucoup de temps si elle voulait faire un brin de ménage avant le retour de Jean.

Elle s'y employa donc, durant l'heure qui suivit, avec l'ardeur des retrouvailles à venir. Quand tout fut terminé, elle prit trois bouteilles étoilées vides et leur planta une bougie dans le goulot : elle les allumerait à l'instant où Jean franchirait le seuil de la porte. Sur la table de la cuisine, elle disposa deux verres et un fond de Bartisol qui traînait sous l'évier depuis des lustres.

« Je t'attends, mon Jean ! », souffla-t-elle.

IV

Après avoir accompli son chemin vers Marinette jusqu'aux grilles closes de l'hôpital, Jean avait erré toute la nuit.

Le lendemain, il se leva tard, trop tard pour tout, pour faire quoi que ce soit, pour voir quiconque, pour simplement avoir l'envie ne serait-ce que d'une envie. Aujourd'hui, c'est dimanche. Hélas, le dernier dimanche !

Il chercha à tâtons son paquet de Celtiques qui avait glissé comme d'habitude sous le sommier du lit, renversant au passage – entre deux toussotements gras – le cendrier plein de mégots et de cendres. Il fallait qu'il trouve une tige, et vite ! La moitié du corps dans le vide, il finit par se couler complètement hors du lit, le nez dans les moutons de poussière qui jonchaient le linoléum.

La crise de toux s'accentua. C'était de pire en pire chaque matin ; pourtant il se refusait toujours à écouter les conseils de son médecin. Son père avait vécu plus de soixante-dix ans en fumant son paquet et demi par jour, alors…

« Alors, avait conclu le docteur, je vous garantis une vingtaine d'années de moins si vous continuez ainsi ! »

Jean chassa du revers de la manche le souvenir de ce fichu toubib en enflammant un reste de mégot noirci. N'était-ce pas ainsi qu'il calmait ses bronches ?

Les cloches de Saint-Léon se manifestèrent soudain. Il éructa en prenant conscience de l'heure tardive. Il enfila ses frusques en vitesse et se précipita dans l'escalier. La rue l'accueillit fraîchement sous une pluie fine. Quelques mètres plus loin, penché au-dessus du caniveau, il put enfin libérer ses bronches à quintes que veux-tu sous le regard dégoûté des passants.

L'instant d'après, il poussait la porte de sa carotte habituelle, qui était sur le point de fermer. Face au comptoir, il jura : il avait oublié son argent. Quitte à demander crédit, autant que ce fût pour une cartouche !

« Lundi matin à la première heure, sans aucun problème !

— Pourquoi pas maintenant ? Vous avez encore un petit quart d'heure devant vous ! »

Comme se plaisait à le répéter le buraliste, faussement rieur, le crédit était mort la veille, tué par les mauvais payeurs… « Mauvais payeurs qui sont souvent d'anciens bons clients ! », surenchérit-il. Jean maudit intérieurement l'homme qui, pourtant, le connaissait bien.

« À l'atelier, toujours le train-train quotidien ? On ne vous voit plus guère partir à l'aube, ces temps derniers… », poursuivit-il ironiquement.

Jean se retint de répondre et fila chez lui, tout en maugréant à l'idée de devoir escalader ses étages pour le bon plaisir marchand de son ex-buraliste. Ainsi venait-il d'en décider ! Et puis, se consola-t-il en revenant d'un bon pas, dès le retour de Marinette, il se tirerait de ce quartier, fichu quartier.

La pensée d'Édith vint aussitôt bousculer ses réflexions. Décidément, cette fin de semaine ne s'annonçait pas sous les meilleurs auspices. Un peu comme si trop de monde, trop de souvenirs, trop de bonne ou de mauvaise conscience, trop de mensonges se rappelaient à lui.

Jean se mit à bougonner contre tout et contre rien ; contre lui-même, tout simplement.

Une fois encore, la concierge l'agrippa au passage. Elle ne manquait jamais une occasion de prendre des nouvelles de Marinette et du terme qu'il n'avait pas payé. Excédé, il lui jeta : « Tout à l'heure, madame Gossipe, une course urgente à faire ! »

Une course urgente à faire un dimanche ? « Sûrement pas la messe », marmonna-t-elle dans son dos, en suivant sa lente progression, le cou tendu dans la cage de l'escalier.

On commençait à raconter de drôles de choses à son sujet dans le quartier. Tôt ou tard, il faudrait bien qu'elle en ait le cœur net. Tout savoir sur ses locataires : n'était-ce pas aussi cela que le propriétaire exigeait d'elle ? N'était-ce pas cela qu'il lui avait vertement reproché à la suite des derniers événements ? Il était temps que Marinette Zébédée revînt, que tout rentrât dans l'ordre et qu'ils s'acquittassent au plus vite de leur terme.

Jean ne prit pas la peine de fermer la porte de l'appartement. Il se précipita dans la chambre et, juché sur une chaise, tâtonna au-dessus de l'armoire à glace pour chiper, derrière la corniche, une boîte décorée en fer-blanc. Il la jeta sur le lit, éparpilla le contenu que Marinette gardait précieusement et s'empara d'une enveloppe de papier kraft.

Son beau-père l'avait expédiée à sa fille bien avant leur mariage, lorsqu'il séjournait à Colomb-Béchar. À l'intérieur se trouvait la poire pour la soif qu'il avait destinée à Marinette quand elle avait décidé, comme bon nombre de provinciales en mal d'émancipation, de voler de ses propres ailes en venant chercher du travail à Paris. Tout juste débarquée de la gare Montparnasse avec l'adresse d'un vague parent, elle s'était rapidement placée comme bonne à tout faire dans une famille bourgeoise de l'arrondissement. Depuis, elle s'était toujours gardée d'écorner le petit pécule qu'elle conservait dans cette enveloppe.

Jean compta la petite liasse avant d'en soustraire un billet puis, après une hésitation, un second : un de plus ou de moins ne changerait rien à son méfait.

L'argent en poche, il se glissait hors de la pièce lorsqu'il tomba nez à nez avec un voisin de palier, qui lui fit presque le reproche d'avoir imprudemment laissé sa porte ouverte. Il l'éconduisit sèchement tout en se demandant si ce dernier ne l'avait pas surpris en train de puiser dans la cagnotte. Interloqué, le voisin se garda bien de répliquer ; manifestement, quelque chose ne tournait pas rond chez les Zébédée, depuis les événements de la fin de l'été. Tout juste sollicita-t-il du bout des lèvres quelques excuses. Jean fila en se donnant des airs de ne pas avoir entendu. Ne pouvait-on lui accorder le loisir d'un peu de tranquillité d'esprit ? Il n'avait que faire des sollicitudes de voisinage ; encore moins de l'empressement de la concierge.

En bas de l'escalier, elle l'attendait justement, tentant une nouvelle fois de lui faire barrage en lui interposant son obésité. Jean l'écarta et, sans se retourner, lui répéta que sa course, plus urgente que jamais, ne pouvait attendre. « Non mais ! Vous avez vu ? Quel malotru ! » Il était déjà trop loin pour la voir partager son indignation avec le voisin, descendu à son tour.

Bien décidé à rompre haut et fort une longue relation d'amitié avec le buraliste, Jean se sentit soudain tout ragaillardi à la pensée de larguer cette amarre, placée sous le sceau du blanc citron et des Celtiques. On allait voir ce qu'on allait voir ! Très vite cependant, sa progression euphorique vers l'esclandre fut ralentie par de bonnes âmes qui l'assaillirent à propos du retour imminent de Marinette : une gentille personne que tout le monde appréciait dans la rue. « Une brave petite, bien courageuse ! » s'exclama une vieille aussi rabougrie, aussi usée que son cabas de courses, que Jean se sentait obligé de saluer depuis les dimanches où il accompagnait Marinette au marché et restait planté de trop longues minutes à écouter leur verbiage quand elles se rencontraient. Marinette, à chaque fois, n'avait de cesse de le traiter gentiment d'ours mal léché, lui reprochant une attitude bougonne qui finirait à la longue par le rendre antipathique à tout le voisinage. Il avait eu raison de s'en moquer, puisqu'il était écrit qu'il ne vieillirait pas dans ce quartier, parmi eux tous.

Jean étouffa un juron : la banne était relevée ! Le buraliste ne l'avait pas attendu. Il en était quitte pour l'esclandre revanchard qu'il se promettait. Déçu, il se dirigea vers la place du Commerce mais, là aussi, la carotte était éteinte. Il reprit sa marche jusqu'à la rue des Entrepreneurs où il eut enfin la chance de trouver un café-tabac de bonne composition. Tout sourire, il s'approvisionna d'une cartouche de Celtiques et s'installa au comptoir.

Quelques taffes et deux autres verres plus tard, il salua la compagnie et fila en direction de la Seine. Il ne se sentait plus l'envie de rentrer chez lui tout de suite. Il avait faim, presque un peu froid, et peut-être bien aussi le goût de revoir Édith, une dernière fois. Une dernière fois : n'était-ce pas cela qu'il se disait chaque fois qu'il retournait la voir ? N'était-ce pas cela aussi qu'il s'était juré les soirs d'avant Luna Park ? Non, Édith n'était pas Marinette !

Il bifurqua avenue Émile-Zola, le mégot collé aux commissures de ses lèvres entrouvertes. La colère montait en lui, contre lui, contre sa lâcheté et puis non, contre elles après tout ! Elles, qui – en fin de compte – le harcelaient continuellement. « Oui, continuellement ! », hurlait-il intérieurement. Il faillit rebrousser chemin et retourner à l'appartement, histoire d'offrir à Édith, en guise de leçon, une après-midi de vaine attente.

La Seine. Une bouffée de désir balaya à la seconde ses méchantes résolutions. Serrer Édith dans ses bras ! Il cracha son bout de Celtique mâchonné. Et si elle n'était pas là lorsqu'il arriverait ? Jean accéléra. La marche était encore longue avant que l'île Saint-Germain ne lui fût en vue. Peut-être qu'elle aussi voudrait lui faire payer ses silences répétés, ses longues absences ponctuées de visites à l'improviste.

Quand d'aventure elle n'était pas chez elle, il s'installait à son domicile, oubliant un peu vite qu'elle eût pu entretenir une relation avec quelqu'un d'autre. Lorsqu'elle rentrait, seule, il jouait à l'agonir de reproches ; reproches qu'elle prenait comme autant de signes d'un « je t'aime » inavoué. Elle se prêtait de bonne grâce, de bel amour, à ce mauvais jeu des sentiments. Au bout de la nuit, il faisait semblant de lui offrir ce qu'elle attendait.

Il atteignit le port de Javel à la hauteur du pont Mirabeau. Le vent qui courait au-dessus des eaux glacées de la Seine lui fouetta le visage. Il ne lui restait plus qu'à longer les quais jusqu'à Issy-les-Moulineaux, jusqu'à Édith. Il enflamma une autre Celtique, joua des épaules pour se réchauffer, redressa son col et reprit sa longue marche.

Chemin faisant, il observa les manœuvres d'une péniche lourdement chargée, le temps d'oublier l'impatience qui le tenaillait d'être arrivé ; le temps d'avoir l'idée insensée de monter à bord, de partir, là, pour toujours. Mais pourrait-il oublier ce qui avait fait basculer le frêle équilibre de son existence ? La péniche accosta tout en douceur. Jean lui tourna le dos, avec à l'esprit déjà d'autres rêves. Moins d'une heure plus tard, il franchissait le bras de Seine qui enserre l'île Saint-Germain au pont de Billancourt. La pensée qu'Édith fût absente lui effleura à nouveau l'esprit.

Voilà, il était arrivé. Les volets du petit appartement au rez-de-chaussée étaient encore fermés. Il poussa la porte ajourée de l'entrée de l'immeuble, marqua une brève hésitation avant de frapper discrètement chez Édith. Pas de réponse. Il recommença un peu plus fort, tendit l'oreille mais ne perçut aucun signe de vie à l'intérieur. Il sortit et cogna bruyamment sur le contrevent.

« Édith ! C'est moi, Jean ! Ouvre-moi ! »

Au second étage, une bouille curieuse se pencha.

« Elle n'est pas là, mon p'tit gars !

— Vous savez quand elle reviendra ?

— Quand elle aura éteint le feu qu'elle a au c… Ah, ah, ah ! »

Jean salua la bouille chauve de l'étage d'un bras d'honneur et s'en alla, n'écoutant plus avant les remarques salaces entrecoupées de rires narquois.

Il se dirigea vers l'estaminet où Édith et sa copine faisaient déboucher à bon compte des roteuses aux gogos de passage. Il était bien placé pour s'en souvenir. À ceci près, se disait-il, qu'il s'était bien remboursé avec Édith. Il balaya aussitôt cette méchante pensée du revers de la manche.

Une épaisse buée opacifiait les vitres du café de l'île. La banne descendue à mi-hauteur s'effilochait par endroits. La peinture verte de la devanture n'en finissait plus de s'écailler, laissant apparaître dans le bois de nombreuses saignées grises. L'ensemble décati donnait une impression triste et miséreuse.

Il n'était revenu en ces lieux qu'une dizaine de fois, tout au plus, depuis sa liaison avec Édith. En effet, quand ils s'étaient donné rendez-vous, il avait souvent refusé que ce fût ici, trouvant l'endroit plus sordide qu'il ne l'était, probablement en raison de son antipathie avérée pour le patron et ses employés.

La salle, comme un fait exprès, était bondée. Il lui sembla qu'une bonne partie des gens du voisinage s'était réfugiée en ces lieux pour boire un verre et taper le carton. Jean dut jouer des coudes pour se faire une place au comptoir où se déroulaient plusieurs parties bruyantes de 421.

Perché sur son tabouret, il scruta les tables une à une, plus dans l'espoir de repérer sa copine Monique qu'Édith elle-même. Il ne vit aucune des deux. Il élargit son champ de vision, se hissa sur les barreaux de son perchoir pour essayer d'apercevoir qui se trouvait dans la petite arrière-salle, isolée par deux cloisons de bois elles-mêmes surmontées d'une vitre arrondie translucide. Une réflexion sèche du garçon, suivie d'une interrogation sans appel, mit fin à son manège. Jean commanda son blanc citron.

En moins de temps qu'il ne le faut pour le dire, le verre accompagné de sa soucoupe était posé devant lui et rempli. Le barman s'esquivait aussitôt à l'autre bout du zinc, vers un aréopage plus attractif.

Jean n'eut guère le loisir de siroter ce premier verre : à l'instant où il le portait à ses lèvres, son voisin, dans un brusque et trop large lancer de dés, le bouscula par inadvertance et projeta l'ensemble, hors de portée de la piste de velours vert pour les uns et de la bouche pour l'autre.

Ce fut immédiatement l'hilarité générale autour de lui, surtout quand l'on fit remarquer que l'un des dés était – suivant l'expression du jeu – « cassé » !

« Pour être cassé, c'était cassé », s'esclaffèrent les autres en constatant les bris de verre éparpillés un peu partout. Jean se renfrogna. Les rires fusèrent de plus belle. On essuya le centimètre carré de zinc qui lui était dévolu, puis un autre verre lui fut servi et chacun retourna à ses occupations.

Jean en profita pour aller jeter un œil de l'autre côté. Le patron lui fit immédiatement barrage. Il n'était pas invité.

« Monique n'est pas là ?

— Monique ou Édith ? rétorqua le patron en pointant deux doigts serrés contre la poitrine de Jean. Ici, siffla-t-il méchamment, ce n'est pas le rendez-vous des gigolpinces qui se font plaquer ! La grand'roue de Luna Park, c'est fait pour les cœurs brisés dans ton genre. Pas mon rade. Alors, tu mets les voiles, fissa ! »

Jean allait se cabrer lorsque la porte de l'estaminet s'ouvrit sur Monique, vêtue d'un long imperméable ciré noir qui dégoulinait de pluie. Elle était accompagnée d'un homme entre deux âges, le teint basané, cheveux et pupilles noirs. Elle repéra immédiatement Jean et vint aussitôt vers lui, un large sourire à ses lèvres carmine.

« Salut, mon Jean ! Je te présente Gino, un cousin à la mode italienne ! dit-elle, en éclatant de rire avant de serrer un peu plus le bras de son compagnon.

— Mo ! Je cherche Édith, tu ne sais pas où elle zone à cette heure ? Je suis passé chez elle. Les volets étaient fermés.

— Vous êtes tous les mêmes, vous les bonshommes ! Vous nous courez derrière que lorsque ça vous démange, mais bernique pour le sentiment ! Faut pas t'étonner si Édith… »

Gino l'interrompit sur-le-champ, expliquant avec son accent ensoleillé que ce n'était pas bien pour une femme de parler comme ça. Monique se fit câline et se frotta doucement à Gino en minaudant. Ce dernier proposa alors à Jean de venir à sa table. Jean déclina poliment l'offre ; il préférait retourner à l'appartement d'Édith, au cas où… Gino lui conseilla le contraire, tout en précisant que ce n'était pas ses affaires !

Sur ces mots, ils se saluèrent. Gino fit un petit signe de connivence à Monique ; elle raccompagna Jean jusqu'à la porte de l'établissement.

« J'voudrais pas de te faire de la peine, Jean, mais j'crois que tu devrais oublier Édith. Tu sais, c'est pas une vie pour elle, si tu comprends ce que je veux te dire.

— Elle a quelqu'un d'autre ? », lança Jean.

Sans attendre la réponse, il planta Monique sur le seuil et fila sous la bruine.

Pourquoi ne pas avoir attendu ? Pour fuir cette scène grotesque tirée tout droit d'un mauvais film ? N'était-ce pas, au fond de lui-même, ce qu'il était venu chercher ici ? Jean, une fois encore, essayait de s'étourdir au jeu des sentiments qu'il ne ressentait pas. Qu'elle eût un nouvel amant ou non, peu lui importait, tant l'indifférence habitait son cœur.

Le vent choisit cet instant-là pour le gifler d'une rafale mouillée bien sentie. Il fit un écart et… jura en plongeant des deux pieds dans une flaque d'eau boueuse. Il haussa les sourcils et le nez au ciel, tendit un poing imaginaire en direction de l'Éternel. En retour, il glissa et faillit bien se vautrer de tout son long. Après quelques mouvements d'équilibriste, il parvint à redresser la situation et recouvrer la position normale et verticale du marcheur. Une autre rafale le fouetta, mais cette fois-ci, il se garda bien de tout geste rageur.

Devant l'immeuble d'Édith, il se dirigea directement sur les volets toujours fermés et glissa une main habile dans l'espace entre le bois et le rebord de la fenêtre : la clef était là, comme d'habitude !

Le ciel gris se faisait de plus en plus bas. La pluie redoubla, dissuadant ainsi le voisin indélicat de pointer son nez au balcon. Jean rentra vite dans le hall se mettre à l'abri.

Un tour de clef, puis deux, puis trois, enfin la porte s'ouvrit. Jean sourit : le nid était bien défendu. Il ferma sans bruit derrière lui et resta un instant dans l'obscurité de la pièce, juste le temps de se griser des évanescences d'Édith, plus présente que si elle avait été là, dans la pénombre. Il se l'imagina à quelques mètres de lui, allongée, ensommeillée sur le lit, le souffle profond. Tout à la montée de son désir et de l'impatience qu'il avait de la culbuter immédiatement, il baissa les paupières.

Il préféra rester dans le noir et s'avança doucement, pas à pas, vers le lit qu'il devinait, puis s'y roula. Il tendit le bras avec précaution. Le cendrier était bien à sa place sur la petite table de chevet de son côté. Il retira son trois-quarts, posa la cartouche de cigarettes à portée de main et alluma une première Celtique.

Le temps passa, la pluie continua, la nuit s'installa. Jean plongea dans un profond sommeil, le mégot éteint aux lèvres, le plastron maculé de cendres. Le café de l'île ferma ses portes sur ses derniers clients. Monique et Gino étaient partis depuis la fin de l'après-midi. Édith ne s'était pas montrée. Bien plus tard, Monique était passée devant les fenêtres d'Édith sans y voir de lumière. Elle avait passé une main sous les volets : la clef n'y était plus. Elle avait alors eu un pâle sourire en murmurant à sa chère Édith de faire attention à elle, tout en se promettant d'en parler à Gino en rentrant. De l'autre côté de la façade, Jean avait soupiré, croyant bien avoir entendu que l'on « fougassait » aux volets. Puis plus rien, les pas s'étaient éloignés. Il avait enflammé une Celtique et avait fini par s'endormir.

Où es-tu parti, Jean Zébédée ? Remontes-tu encore une fois le temps dans le fol espoir de l'arrêter ce jour d'août qui te vit faire demi-tour boulevard de Grenelle ? Es-tu encore retourné sur ton banc à guetter ce que toi seul as surpris, ou ce que tu crois être seul à avoir surpris ? Où vas-tu jeter tes filets sur la mer de tes rêves, Zébédée ? Quelle pêche miraculeuse espères-tu ? Qu'est-ce que tu attends ? Qui attends-tu, Zébédée ?

Édith, toi qui arpentes le macadam de la vie, quelles chimères hantent tes rêves ? Quelle rencontre espères-tu ? Pourquoi tardes-tu, ce soir, à rentrer chez toi ? Quel est le prix de ton errance – boulevard de Grenelle – sous les arcades du métro aérien ?

Au fur et à mesure, les absences et les silences de Jean avaient fini par trop lui peser, trop la tourmenter. Combien de fois alors ne l'avait-elle attendu, au sortir de l'atelier, pour voler simplement le bonheur fugace de l'entr'apercevoir ? Puis un jour, se sentant le cœur plus triste encore, elle l'avait suivi jusqu'à son domicile. Elle était simplement restée en bas de chez lui, marchant de long en large, désireuse de laisser l'ombre de sa présence pour qu'il la retrouvât au petit matin en allant à son travail. Par la suite, lorsque la séparation s'éternisait, elle était souvent venue rôder sous sa fenêtre, le soir, sans jamais se montrer.

À la longue, sa traque amoureusement jalouse lui avait fait découvrir Marinette. Un jour de marché, un dimanche, elle les avait surpris tous les deux, son Jean traînant des pieds derrière elle, lourdement chargé. Elle l'avait observée, en se demandant ce qui pouvait bien avoir séduit Jean chez elle. Elle n'était pas particulièrement belle, ni même séduisante. Avait-elle des talents cachés ? Dans la bousculade habituelle de la cohue qui allait et venait d'étal en étal, il lui avait été aisé de se rapprocher sans être vue et d'entendre presque dans la cacophonie ce qu'ils se disaient.

Marinette semblait radieuse, rayonnante, amoureuse, prête à annoncer à la terre entière que l'homme à ses côtés était son homme, l'amour de sa vie, et à ajouter, gourmande, pour toutes ces dames qui n'étaient pas insensibles au charme de Jean : « Désolée, il est à moi, rien qu'à moi ! »

Elle avait ri, quel rire ! Une fontaine cristalline ! Édith s'était fait instantanément la réflexion : Marinette avait la voix des anges.

Elle avait progressé encore un peu. Seuls deux dos la séparaient d'elle maintenant. Elle avait souri, quel sourire ! Il irradiait son visage. Édith n'avait pas eu le temps d'avoir peur. Il lui avait suffi de fixer Jean. Ses yeux étaient ailleurs, aveugles au bonheur simple de Marinette. Édith s'était esquivée, en se promettant de revenir lorsque Jean ne serait pas là.

L'occasion s'était présentée lors du marché de la semaine. Édith, à pied d'œuvre aux aurores, avait dû patienter jusqu'à la fin de matinée pour voir Marinette sortir de l'immeuble, le cabas sous le bras. Cela avait été par la suite un jeu d'enfant de faire sa connaissance, en lui demandant simplement ce qu'elle pensait de la fraîcheur de l'étalage devant lequel elle était plantée. Édith lui avait expliqué qu'elle était nouvelle venue dans le quartier et qu'elle ne connaissait pas encore très bien la qualité des commerçants. Marinette avait été ravie de la conseiller. Les deux femmes avaient sympathisé rapidement et s'étaient promis de se revoir au marché suivant.

Ultérieurement, Édith avait revu Marinette à maintes reprises sans jamais dévoiler quoi que ce fût de sa vie.

Quelque temps après, à Monique qui la questionnait à propos de ses sorties nocturnes et de ses amours, elle avait répondu de manière évasive. Son amie s'était méprise et avait cru à l'existence d'un autre que Jean. Édith, sans trop savoir pourquoi, n'avait pas cherché à la détromper, bien au contraire, entourant dès lors ses rendez-vous avec Jean d'une grande discrétion, ce qui arrangeait bien ce dernier.

Le temps avait passé au gré des visites intermittentes de Jean et des rencontres fortuites avec Marinette, jusqu'au fameux matin. Après avoir attendu en vain devant l'atelier, Édith avait décidé d'aller à Grenelle.

En arrivant rue du Commerce, devant le grand chambardement à la hauteur de l'immeuble de Jean, elle crut défaillir en entendant qu'il s'agissait d'une tentative de suicide au dernier étage. Elle se démena dans la foule compacte des badauds pour se rapprocher au plus près. Ses efforts furent récompensés : elle atteignit le cordon policier et se rassura en apprenant que c'était une femme dont il était question. Elle se fustigea intérieurement : pourquoi d'ailleurs Jean aurait-il eu la déraison de passer de vie à trépas ? La question resta cependant posée lorsqu'elle sut que la femme sur les toits n'était autre que Marinette. Elle pivota sur elle-même à la recherche de Jean. Il y eut à ce moment-là un mouvement dans la foule. Marinette apparut plus avant sur le zingage, avant qu'un pompier ne se montrât à son tour. Les gens en bas s'agitèrent de plus belle, pressant un petit peu plus le cordon de sécurité. Édith, tirée *à hue et à dia*, commença à s'effrayer à l'idée d'être déséquilibrée, voire piétinée.

Les événements s'accélérèrent subitement : un cri horrifié monta des gorges, Marinette glissait. Le sang à venir attisa encore un peu plus le voyeurisme de la foule. Fort heureusement, un homme en uniforme hurla aussitôt à la cantonade qu'elle était vivante. La bâche tendue lui avait sauvé la vie. Édith pleura de soulagement. Jean n'aurait jamais pu être complètement à elle si…

Deux mois avaient passé. Édith avait perçu un changement dans la vie de Jean, une inflexion qui risquait de mettre en danger leur relation. Sa femme en était-elle la cause ?

Deux mois avaient passé. La vie avait suivi son cours jusqu'à ce dimanche. Encore un dimanche et le poids à nouveau trop lourd à supporter des silences et de l'absence de Jean. Édith avait attendu vainement toute la matinée avant de se décider à sortir.

Un peu après l'heure du déjeuner, elle s'en était allée au hasard sous la pluie fine, regrettant presque ces heures d'expectatives gâchées. « Vraiment au hasard ? », se demanda-t-elle en s'éveillant d'une promenade pleine de rêveries de Jean. Ses pas l'avaient conduite jusqu'à la rue du Commerce, sous les fenêtres de l'appartement.

Elle tendit le cou vers les chiens-assis de l'étage, puis elle se risqua et entra dans l'immeuble. Le rideau de la loge resta immobile. Madame Gossipe semblait ne rien avoir remarqué. Elle se glissa furtivement dans les étages et grimpa jusqu'au sixième. Ce fut seulement lorsqu'elle arriva sur le palier qu'elle s'interrogea sur ce qu'elle allait faire ou dire. Rien ! Enfin, pas tout à fait.

Elle s'avança à pas de loup derrière chacune des portes de l'étage et posa une oreille indiscrète. « Si elle s'ouvrait subitement, on improviserait », se rassura-t-elle. Elle les passa toutes en revue ; aucune – hélas – ne révéla la présence de Jean ou de Marinette.

Jetant un œil en l'air, elle vit la trappe au plafond, puis l'échelle attachée au mur par un cadenas flambant neuf. Édith succomba à la tentation de s'imaginer, un instant, à la place de Marinette grimpant sur le toit. Elle fut prise de vertige. « Je me serais écrasée comme une galette, pour sûr ! »

Elle s'assit lourdement en haut des marches, le cœur palpitant de s'être effrayée à bon compte en jouant avec la mort. Elle se signa fébrilement plusieurs fois en demandant pardon à l'Éternel puis, les jambes en coton, elle redescendit en prenant soin de ne pas lâcher la main courante.

En bas, Madame Gossipe, revancharde, l'attendait, bien décidée à ne pas laisser croire que son immeuble était un moulin où l'on entrait et sortait à loisir. Le dos à la porte, interdisant par là même toute sortie intempestive, elle attaqua d'emblée. Édith trouva en elle des trésors de douceur afin de désarmer toute velléité d'esclandre. Elle devait se débarrasser au plus vite de ce cerbère. Elle était venue voir ses amis les Zébédée… Une voix tonitruante venant de la loge arriva à point nommé à la rescousse d'Édith, rappelant madame Gossipe à l'ordre : six jours sur sept à la solde du propriétaire, c'était amplement suffisant ! C'était dimanche, aujourd'hui ! La concierge lâcha quand même son venin. Qu'elle se dépêche de leur rendre visite, car d'ici peu ils seraient mis à la porte. C'était une maison respectable, ici ! Les suicidaires et les impécunieux n'avaient rien à y faire ! Dehors, oust ! Ce n'était pas les assurances sociales ici, encore moins l'armée du salut ! La loge gronda à nouveau ; Édith eut le passage libre. Elle se précipita dehors et s'en alla, le sourire en poche, sans un « au revoir ».

Elle alla se réfugier dans un bistrot et prit un café, avant de retourner sous la pluie arpenter le boulevard de Grenelle à l'affût de Jean. Le temps passa ; à intervalles réguliers, elle repiqua la rue du Commerce, sans succès.

Le soir arriva. Édith avait délaissé le café pour la fine et ses allées et venues étaient loin de laisser indifférents certains autochtones : la nuit tombante réveillait l'amateur de furtif. Elle venait à peine d'en décourager un, qu'un autre – le toutou au bout de la laisse – l'interpella. Elle reconnut la voix venue de la loge : monsieur Gossipe lui adressait un salut empressé plein de concupiscence. Il se fit insistant ; elle répliqua du tac au tac, proposa même de souhaiter le bonsoir à sa femme dans leur loge. Les choses étant remises à leur place, ils bavardèrent le temps de quelques questions. Elle apprit alors que Marinette, contrairement à ce qu'elle croyait, était toujours à l'hôpital et que son retour était prévu pour le lendemain. Jean était descendu en fin de matinée. Édith n'en sut pas plus. Elle abandonna le pipelet. Elle passa une dernière fois sous les fenêtres de Jean et s'en retourna chez elle.

Monsieur Gossipe, qui avait du temps à perdre, observa ce beau petit brin se diriger vers la station de métro en se promettant de le cueillir à la prochaine occasion. En attendant, il devrait se contenter, ce soir comme souvent, des charmes de madame Gossipe. Le toutou eut le tort de le mater à ce moment-là avec une expression par trop humaine pour être canine. Vexé, monsieur Gossipe tira alors la laisse en arrière d'un coup sec. Le corniaud avala son aboiement en décollant du sol tandis qu'une bordée d'injures soulageait l'amour-propre de son maître.

Édith s'impatienta, fumant cigarette sur cigarette tout au long d'un interminable trajet haché de changements et de longues attentes aux correspondances. Lorsqu'enfin elle descendit du train de banlieue, il lui sembla que le crachin nocturne redoublait à son attention. Frigorifiée, trempée jusqu'aux bouts des pieds, elle étouffa un cri de joie en arrivant devant son petit immeuble. La clé n'était plus sous le volet. Jean était venu, il était là !

« C'est drôle, tu ne trouves pas ? L'un comme l'autre, nous nous sommes cherchés ! »

Édith se glissa sur le lit, tout contre Jean, si près de lui qu'il sentait la chaleur de ses lèvres. Allongée sur le côté, le coude replié, le visage légèrement incliné, elle poursuivit dans un murmure brûlant :

« Et je suis même allée jusque devant ta porte… »

Jean se redressa d'un bond.

« Ma porte ? Tu veux dire que tu es montée chez moi ?

— Ben oui !

— Tu es folle, ma parole ! Et si tu étais tombée sur ma femme ?

Édith se redressa à son tour et se fit plus chatte que jamais.

— Je suis ravie d'apprendre enfin que tu es marié, mon Jean ! mentit-elle. Cela a dû te coûter de te taire, pendant tout ce temps… De toute façon, je m'en fiche ! Je sais que tu ne l'aimes pas ! Et je suis prête à parier tout ce que tu veux que tu ne l'as jamais aimée !

Elle voulut l'enlacer. Il se dégagea brusquement.

— Qu'est-ce que tu en sais, dis-moi ! Hein ? Tu crois peut-être, parce qu'on a couché ensemble deux ou trois fois, que…

— Chameau ! Marinette a du mérite ! lui dit-elle, l'irritation feinte.

— Marinette ?

— Oui, ta femme, au cas où tu l'aurais oublié, mon chéri ! Édith minauda de plus belle. Nous avons toute la nuit devant nous, puisqu'elle ne rentre que demain… Et je ne pense pas que tu iras la chercher à l'hôpital, n'est-ce pas ?

Jean l'interrompit une nouvelle fois, mais ne lui refusa pas la main qui effleurait la sienne.

— Qu'est-ce que tu vas encore inventer ?

— Rien mon chéri, juste un petit bout de vérité, juste de quoi t'ouvrir les yeux.

— Mais j'ai déjà les yeux ouverts, désespérément. Tu ne peux pas savoir à quel point, Édith !

Elle lui prit le visage entre ses mains. Il se laissa faire et la fixa.

— Au point, entre autres, de croire que je ne te mérite pas non plus… Tu es fou, mon amour ! Embrasse-moi et je vais te prouver le contraire ! », dit-elle en plaquant ses lèvres avides sur les siennes.

Une fois encore, Jean s'abandonna au désir et répondit violemment, fougueusement aux attentes d'Édith. Une fois encore, une partie de dupes s'engagea où les cœurs, l'esprit et les sens s'amusèrent à se tromper pour se donner l'illusoire croyance des amours.

Il alluma une cigarette et dans le noir traça des huit horizontaux entre deux bouffées partagées avec Édith. Après un dernier long baiser, elle se colla à lui et commença à ronronner presque silencieusement. Lui resta immobile le temps qu'elle s'apaisât, puis il croisa ses mains sous sa nuque et se força à ne pas dormir, appelant l'insomnie à son secours. Une fois encore, il avait usé de sa facile lâcheté à tromper l'amour qu'Édith lui offrait sans compter. Une fois encore, il se refuserait à partager son sommeil.

Elle soupira profondément, émit un murmure, étala sa chevelure sur sa poitrine et une partie de son visage. Jean ne remua pas un cil. Il respira son parfum et lui concéda un baiser soufflé du bout des lèvres. Il crut bien à cet instant la sentir feuler plus qu'il ne l'entendit. À son tour, il prit une profonde inspiration, le cœur las.

La nuit s'écoula. Jean continua de s'appesantir égoïstement sur lui. Il finit par sombrer à son tour dans un drôle de sommeil. Il y retrouva jusqu'au petit matin un vieux bonhomme à la barbe fleurie. Il n'en garderait aucun souvenir, hormis quand le hasard des rêves voudrait bien lui faire cadeau de leurs retrouvailles.

« Bon sang de bonsoir ! Debout, mon chéri ! » Édith s'était réveillée en sursaut. Il était presque dix heures. Jean ne broncha pas, la caboche enfouie sous les couvertures. Elle releva brusquement les draps.

« Mais secoue-toi à la fin, tu as vu l'heure ? Tu ne vas tout de même pas arriver à midi à l'atelier ! Hou, hou, mon Jean ! Aujourd'hui, c'est boulot ! »

Pour toute réponse, Jean s'empara de son oreiller et s'en couvrit les oreilles en grommelant gentiment.

« Surtout, ne fais pas de bruit en partant, ma chérie.

— Jean, je t'en prie, lève-toi ! Tu ne peux pas rester ici, tu comprends ? »

Elle embrassa son épaule et posa sa joue contre lui. À regret, elle enchaîna : « Tu oublies que Marinette rentre aujourd'hui ! Je prépare le café et oust ! »

Jean, subitement, se retourna et l'enlaça fermement, faisant mine de la mordre sauvagement. Elle éclata de rire, feignit le refus pour aussitôt se prêter au jeu jusqu'à ce qu'il fût vraiment trop tard pour tous les deux.

Midi arriva, les vitres suintaient de buée derrière les volets encore clos. Édith, enveloppée de son peignoir japonais, moulait le café tandis que Jean lui tournait le dos. Une cuvette en émail posée dans l'évier, il se savonnait tant bien que mal. Édith s'interrompit pour le complimenter sur la rondeur de ses fesses, allant même jusqu'à le siffler. Un tantinet énervé, Jean pivota pour effectuer quelques poses plastiques, sous les hourras ravis d'Édith qui se jeta dans ses bras. Pour la seconde fois, il la repoussa.

« Est-ce qu'on peut espérer trouver un rasoir dans cette turne ?

— D'abord, môssieur Jean, apprenez la politesse ! Et pourquoi pas une cambuse pendant que tu y es !

— Ce n'est pas le moment ! Je croyais qu'on était tous les deux en retard ?

— Quand on est en retard, on ne fricote pas !

— Tu es bien placée pour en parler, espèce de petite allumeuse !

Pour toute réponse, elle esquissa à son tour quelques mouvements suggestifs avant d'éclater de rire et d'ajouter :

— C'est cent sous, l'apache !

La mauvaise coïncidence fit que l'on se manifesta justement à cet instant sur le contrevent. Une voix l'appelait doucement.

— Alors, c'est cent sous ? lança Jean, blessant. Édith pâlit et, changeant de ton, l'agressa.

— Si c'est ce que tu crois, tu prends tes frusques et tu te caltes de chez moi, p'tit mec ! »

Jean hésita. Édith ramassa alors ses habits et les lui jeta au visage en lui hurlant de ficher le camp.

Il enfila son pantalon sur une jambe et sortit sans un mot en claquant la porte. Édith se figea ; il ne revenait pas. Elle fondit en larmes.

Dehors, Jean ne se retourna pas. Qu'Édith fût sur le seuil de l'immeuble ou non ne changerait rien à l'affaire : une fois encore, il avait tu ce qu'il s'était promis de lui dire. Il n'accorda pas plus d'attention au personnage qui faisait le pied de grue à deux pas.

Dans son dos, l'homme insista sur les volets puis entra dans le hall, avant de frapper à la porte d'Édith. Elle eut juste le temps de rangeotter la pièce et de remettre un peu d'ordre sur sa personne. L'entrebâillement des contrevents l'avait tristement rassurée : Jean s'éloignait, il ne reviendrait pas de sitôt. Elle se força donc à sourire au nouvel arrivant et se prêta de « mauvaise » bonne grâce à ce pourquoi il venait depuis un bail la voir régulièrement tous les lundis, jour de fermeture de son commerce.

Zébédée s'en fut le pas lourd. Les mains engoncées dans les poches de son trois-quarts, il marcha comme à l'accoutumée, tête baissée pour ne pas avoir à reconnaître qui que ce soit. « Mais qui donc, dans cette île ? », s'interrogea-t-il, se moquant de lui-même.

En arrivant sur la Seine, au pont de Billancourt, il laissa le hasard décider de son chemin du retour : soit par le quai du point du jour, soit par Issy-les-Moulineaux. Il attendit ainsi stupidement en plein vent, pendant plus d'une demi-heure, qu'une 203 de couleur noire passât dans un sens ou dans l'autre et lui désignât la direction qu'il devait prendre. Ce serait donc par les rives de Boulogne. Frigorifié, il s'y dirigea. Bien plus loin, il prit le métro à la porte de Saint-Cloud jusqu'à la correspondance Trocadéro où il récupérera sa ligne. Quatre stations plus tard, à La Motte Picquet-Grenelle, il descendrait. Il allait retrouver Marinette, qui se méprendrait sûrement sur les raisons de son retour à cette heure de l'après-midi.

Marinette ! Tout naturellement, son image venait de refaire surface, chassant doucement celle d'Édith à mesure que le métro le ramenait chez lui. Chez lui ? Quelle idée ! Avait-il déjà effacé de sa mémoire qu'il était en partance ? « Certes non ! » songea-t-il sans manquer de se morigéner. Il allait devoir parler à Marinette ; lui dire ce qu'il aurait dû lui avouer depuis le début, lui dire ce qu'il n'avait pas pu dire à Édith non plus. Tout au long du trajet, Jean laissa ainsi son esprit chavirer de Charybde en Scylla.

Il alluma une Celtique. Avalant de travers la première bouffée, il s'irrita un peu plus la gorge et se mit à tousser comme un perdu. Il pesta : « maudit pont, maudite bagnole ! Surtout pauvre bêta d'avoir fait ce pari idiot ! » La tousserie s'accentua. Loin de calmer son ardeur à fumer, il en alluma au contraire une autre au bout du mégot incandescent de la précédente. Il expectora. « Maudit pont ! » Il crachouilla. « Maudit pont ! » encore, à l'adresse d'Édith. Marinette eut à son tour son lot de pensées mauvaises. Que ne restait-elle une semaine de plus à l'hôpital, le temps qu'il réglât ses affaires. La pluie se fit plus fraîche. Il fila se mettre à l'abri en toute hâte dans le premier troquet qu'il trouva et but un blanc, autant pour se débarrasser de son enrouement persistant que pour retarder l'instant des retrouvailles.

Trois verres, une partie gratuite au compteur du billard américain, l'habituelle logorrhée avinée avec des habitués désœuvrés : Jean laissait filer le temps pour ne pas avoir à mal justifier un retour plus tôt qu'à l'ordinaire. Les aiguilles continuèrent leur manège. Il retourna au zinc siroter d'autres blancs citron, tout en mâchonnant un casse-croûte baguette molle, saucisson sec. L'obscurité s'installa, les vitrines s'éclairèrent, les réverbères aussi.

Dans peu de temps maintenant, il serait en retard. « Pour Marinette, mais certainement pas pour moi ! », songea-t-il. Alors, il fit aligner sur le comptoir cinq nouveaux verres puis les but cul sec les uns après les autres à la santé de ses absences, de ses retards, de ses silences, de ses indifférences, de ses amours feintes. Il paya et sortit sans avoir rencontré au fond de ses verres ni mauvaise conscience ni remords ; tout juste une douce euphorie qui l'entraînerait à musarder encore et à ne pas rentrer directement rue du Commerce. Marinette pouvait bien dépenser à son attention quelque patience, n'était-ce pas cela l'amour aussi, après tout ?

Jean sourit intérieurement : ses pas l'avaient naturellement conduit vers un banc qu'il ne connaissait que trop. Il se tourna vers l'arbre dénudé et l'interrogea silencieusement. Combien de temps allait-il devoir encore attendre ? « Jusqu'au printemps prochain, à la nouvelle frondaison ? Jamais je n'aurai la patience ». Il s'interrompit avant de prononcer complètement le mot. Il se rappelait ce qu'il venait de penser un instant plus tôt à l'attention de Marinette. Pris sur le fait, il dodelina du chef un peu penaud avant de s'asseoir, le regard toujours fixé sur l'arbre.

« Un cornet, mon garçon ? »

Jean, surpris, se retourna et aperçut son vieux bonhomme à la barbe fleurie. Il poussait une petite carriole sur laquelle il avait posé un brasero de fortune destiné à faire griller des marrons qu'il enveloppait, brûlants, dans un cône de papier journal. Attiré par l'odeur appétissante, un petit cercle se fit rapidement autour de lui, au grand dam de Jean. Une à une, les mains avides repartirent avec leur content de gourmandises. Le petit vieux s'assit à son tour, la carriole entre eux. Bien que la chaleur des braises fût la bienvenue, Jean lui tourna hypocritement le dos. Le petit vieux remit une dose de charbon de bois, versa à nouveau des marrons dans la bassine et, insensible à la température, commença à les retourner.

Bientôt, d'autres personnes vinrent à leur tour les acheter, à peine étaient-ils grillés. Jean oublia provisoirement son agacement et, sans qu'il se souvînt avoir proposé son aide ni même avoir entendu qu'on la lui demandât, il se surprit à aider le vieux bonhomme. Devait-il en remercier le blanc citron ? Toujours est-il qu'il fabriqua consciencieusement ses cornets : il partageait en deux, en quatre, puis en huit, les pages d'un vieux « France-Soir », qu'il pliait pour former le réceptacle d'une avalanche de marrons chauds dont, immanquablement, le dernier débordait.

Les heures passèrent sans qu'il en eût conscience, l'esprit embrumé par les petits verres de l'après-midi, la chaleur du brasero et les gorgées d'un velours de l'estomac largement partagé par le petit vieux.

La nuit avait pris ses quartiers et, maintenant, il n'y avait plus guère d'amateurs avec au ventre le petit creux d'avant-dîner. Les vitrines pour certaines s'étaient éteintes. Le boulevard se désertifiait. Jean prit le soufflet pour ranimer les braises faiblissantes. La température baissa, le vent se fit plus vif.

« Tout doux, tout doux, mon garçon ! Il faut te rentrer chez toi ! Ta bergère va s'inquiéter ! » Jean fit mine de ne pas entendre. Le petit vieux siffla entre ses dents un petit « tse, tse ! » tout en ramassant les derniers marrons qui finissaient de griller. Il les versa dans un cornet qu'il avait préparé.

« Prends ça et rentre chez toi ! Ça te tiendra au moins chaud au ventre, si elle est froide au lit… Ah, ah, ah ! »

Jean eut l'air d'émerger.

« Qu'est-ce que tu veux dire, p'tit père ? Parle pas de ce que tu as oublié depuis longtemps !

— Tout doux, tout doux ! T'as la mémoire courte, toi aussi. Bon, sans rancune ! Et je ne te dis pas merci pour le service. À la revoyure ! »

Sur ce, le petit vieux, plus alerte qu'il n'en donnait l'impression, se leva et, carriole devant, s'en alla sans se retourner, en agitant le bras en l'air autant pour dire au revoir que pour dire « cause toujours ».

Jean faillit lui jeter le cornet et se ravisa. Il voulut se lever ; un poids énorme l'en dissuada. Il essaya une nouvelle fois, mais se rassit comme une masse. « Pas frais le gardon, ce soir ! » ricana-t-il avant de dépiauter maladroitement ses marrons, puis, quelle idée, de déplier le cornet pour le repasser à plat sur son banc.

S'étala devant lui un article relatant une tentative de suicide rue du Commerce qui, fort heureusement, s'était bien terminée.

V

Marinette était assise sur un tabouret de la petite cuisine, plongée dans l'obscurité. Son impatience avait viré de bord, passant de la déception à la colère. Un jour comme aujourd'hui, n'aurait-il pu faire l'effort de sortir un peu plus tôt ? Qu'elle n'entendît pas qu'il y avait eu ce soir du travail supplémentaire à l'atelier ! « Jean, mon Jean ! Pourquoi es-tu comme cela ? », boudait-elle.

Brusquement, un pas lourd se fit entendre sur le palier : son cœur battit la chamade. Elle se fustigea d'avoir eu d'aussi vilaines pensées : « Vite Marinette ! Dépêche-toi d'allumer les bougies ! Passe une main dans tes cheveux. Vite ! Efface tous les griefs à son égard ! Tiens-toi prête à te précipiter sur la porte au premier tintement de la sonnette ! Je l'entends, il s'arrête ! Mon Dieu, il est là, derrière l'huis ! Qu'attend-il pour presser le bouton ? Je t'en prie, vas-y ! Je ne te reprocherai rien ! Si tu savais comme je suis heureuse de nous voir enfin réunis, mon amour ! Peut-être se réajuste-t-il lui aussi avant de frapper ? Je t'aime, mon Jean, je t'aime ! »

« Ah ! C'est vous, monsieur Gossipe !

Marinette, stupéfaite, avait failli se jeter dans ses bras. Le concierge, rouge de concupiscence, recula à regret de quelques pas.

— Excusez-moi, je n'avais pas vu de lumière, je pensais que vous… Enfin, vous me comprenez. En tout cas, vous avez bonne mine ! Content que vous soyez de retour !

Marinette l'attaqua séance tenante afin de s'en débarrasser avant que Jean n'arrive.

— Qu'est-ce que vous voulez ? Ça ne peut pas attendre demain ?

— Votre mari n'est pas là ? C'est au sujet du terme !

— Du terme ?

Marinette marqua un temps d'arrêt.

— Ben oui, bientôt deux mois de retard ! Monsieur Muridé n'a que faire de locataires dans votre genre. Il vous a déjà adressé deux lettres de rappel ! Si vous ne payez pas l'arriéré tout de suite, vous allez avoir l'huissier dans peu de temps. Ici, c'est un immeuble convenable pour d'honnêtes gens !

— Mais qu'est-ce que vous me chantez-là ? »

Une porte du palier s'ouvrit sur le nez curieux d'un voisin attiré par les éclats de la conversation. Marinette lui cloua le bec. L'importun battit en retraite. Quand elle se retourna, Gossipe s'était faufilé à l'intérieur de l'appartement. Installé dans sa cuisine, il reluquait avec envie la bouteille de Bartisol. Avant qu'elle ne prononçât un mot, il poussa l'un des deux verres posés sur la table.

« Juste un fond, pour fêter votre retour ! »

Mâchoires serrées, Marinette obtempéra et lui versa à contrecœur une rasade. Lorsqu'elle releva la bouteille, Gossipe appuya sur le goulot pour lui signifier que le fond était plus haut qu'elle ne le pensait.

« C'est toute la bouteille qu'il vous faut ? Surtout, ne vous gênez pas !

— Vous savez que je peux vous aider… Monsieur Muridé n'est pas un mauvais bougre, si on sait lui présenter les choses. Je vais vous dire… – en confidence, parce que je vous estime beaucoup – vous n'êtes pas les seuls à avoir eu du retard ! Ça arrive à tout le monde… Enfin, dans votre cas, c'est un peu plus délicat… Si Muridé venait à apprendre que votre mari est aux assurances sociales…

Marinette vira au gris :

— Qu'est-ce que vous dites ?

— Il vous a caché qu'il n'avait plus de travail ? », jubila Gossipe, tout miel.

Marinette ne l'écoutait plus. Se pouvait-il que Jean lui ait caché la vérité depuis tout ce temps ? Deux mois ! Trop de pensées se bousculaient. Les lèvres de Gossipe continuaient de se déformer mais elle n'entendait pas ce qu'elles marmonnaient. Il fallait que Jean rentrât pour balayer cette mauvaise fin de journée ! Et s'il disait la vérité ? Et si Jean ne revenait pas ?

« S'il ne revenait plus ? » intervint Denise à son tour. Et l'autre qui n'en finissait de bavasser entre deux gorgées de Bartisol. « Jean, mon chéri ! se désespéra-t-elle. Ne lui donne pas raison ! »

« On n'est pas obligé de lui dire qu'on sait… »

Marinette eut un sursaut.

« Je ne comprends pas ! Cessez de tourner autour du pot !

— Je vois que vous ne m'avez pas écouté, chère petite madame… »

Marinette étouffait. Elle s'éloigna de Gossipe pour aller ouvrir la fenêtre de la chambre et s'y pencher. La rue était déserte : pas de Jean en vue.

« Nom de Dieu ! Ne faites pas cela ! » hurla Gossipe en se précipitant sur elle pour l'empêcher, le croyait-il, de passer par-dessus bord. Il dut batailler ferme pour arracher de la balustrade Marinette qui, se méprenant sur ses intentions, se débattait comme une folle. Sans ménagement, il la projeta sur le lit. Alertés par les cris et le tumulte de la bagarre, les voisins, sortis sur le palier, se rapprochèrent avec circonspection de la porte de l'appartement des Zébédée. On n'avait pas oublié les événements qui s'étaient déroulés à l'étage, deux mois auparavant. Marinette finit par se retrouver couverte par Gossipe, qui s'acharnait à la maîtriser en pesant sur elle de tout son poids. On sonna à la porte. Elle brailla de plus belle, appelant au secours. Gossipe s'énerva.

« Mais calmez-vous ! Vous êtes bonne pour l'asile, ma parole !

— Au viol ! À l'assassin ! Au secours ! », hurlait Marinette plus hystérique que jamais.

Gossipe, à bout de souffle et de patience, la cueillit alors d'un magistral uppercut au menton. Elle sombra instantanément. Il se releva, haletant, essuya la sueur qui perlait à son front et s'en fut ouvrir la porte au brouhaha inquiet.

Sur le seuil, il rassura son monde. Tout ceci n'était pas bien grave. Madame Zébédée avait eu une petite crise de nerfs. Rentrer et ne pas trouver son mari au gîte après un si long séjour… Un bras sur le chambranle, barrant le passage aux curieux, Gossipe se lança dans un verbiage oiseux pour apaiser les esprits. L'incident était clos. Madame Zébédée avait besoin de tranquillité maintenant.

Avait-on appelé un médecin ? On ne devait pas la laisser toute seule tant que le mari n'était pas là. Une voisine se proposa aussitôt, mais Gossipe s'interposa vivement. La suspicion réapparut. Dans l'immeuble, on n'était pas dupe sur les bruits qui couraient à son propos. Une autre personne suggéra qu'on appelât Police-Secours.

« Pourquoi pas les pompiers, la cavalerie, le commissaire Maigret pendant qu'on y est ! » ironisa Gossipe. Pour l'heure, son épouse ferait tout aussi bien l'affaire. Une première porte se referma. Gossipe tonna, demandant ce qu'on attendait pour aller la chercher. Une bonne volonté se décida enfin à descendre les six étages pour frapper à la loge, où les aboiements furibards du corniaud ne manquaient jamais d'être immédiatement suivis des cris exaspérés de madame Gossipe qui tentait de le faire taire.

« Vous ne voyez pas que la loge est fermée à cette heure ?

— C'est votre mari, madame Gossipe ! Il a besoin de vous là-haut ! La Zébédée a encore fait des siennes ! Dès le premier jour de son arrivée ! J'vous jure, ça promet ! »

Pour une fois, madame Gossipe garda sa langue dans sa poche. Elle jeta un fichu sur ses épaules et claqua sa porte sur les cris étouffés du corniaud qu'elle avait réussi à enfermer dans le placard à balais.

Le souffle court, elle suivit de loin le voisin pressé en se donnant le temps pénible de la montée pour s'interroger sur son bandit de mari qui n'en était pas à une fredaine près. Un jour ou l'autre, ça finirait mal. À mi-parcours, une porte s'entrebâilla sur son passage :

« Qu'est-ce qui se passe, madame Gossipe ? On a entendu des cris là-haut. Ça vient de chez Zébédée ? »

Accrochée à la main courante, madame Gossipe s'arrêta pour reprendre sa respiration et répondit, énervée, que l'on était bien curieux ! L'huis se referma. « Cela vous va bien de parler comme ça ! En tout cas, la prochaine fois, c'est la police qui fera le ménage ! »

Madame Gossipe haussa les épaules et reprit son chemin de croix jusqu'au sixième sans être interpellée, lors de ses haltes à chacun des paliers, par les présences qui la guettaient derrière l'œilleton. À l'étage, son arrivée rassura le voisinage et chacun rentra chez soi.

« Elle est sur le lit… Sonnée… J'ai cogné un peu fort : une vraie furie, la garce ! Tu me la remets sur pieds, et pas de commentaires !

— Gossipe, t'as encore joué au c…

— Tais-toi donc ! Elle a voulu se jeter par la fenêtre !

— Tu ne lui plaisais pas ? T'étais flanelle, ce soir, mon pauvre vieux ?

Gossipe tendit le bras et retourna une taloche à sa femme.

— J'te répète que c'est la vérité ! Demain, j'irai voir le proprio pour qu'on s'en débarrasse. Pas de boulot, pas de sous, une folle ! À la porte, les Zébédée ! Dehors ! Du vent, du balai ! Tu la requinques pour ce soir avant le retour de son Jules et *basta* ! Moi, j'me tire ! J'vais faire un tour, y'en a marre de toutes ces salades ! », éructa Gossipe, plantant sa femme au chevet de Marinette.

Il s'en fut, bien décidé à passer ses nerfs en baladant le corniaud. Madame Gossipe comprit ce que cela signifiait.

« Eh bien, comment ça va, ma petite ? Vous nous avez fait une de ces peurs ! Vous avez pensé à monsieur Zébédée ?

Marinette, revenue à elle, fronça les sourcils en se demandant ce que la grosse lui racontait.

— Votre mari s'est jeté sur moi… Où est Jean ?

— Eh ben ! C'est comme cela que vous remerciez le Gossipe ? Un peu plus, vous passiez par-dessus la rambarde ! C'est grâce à lui… »

Marinette balança de gauche à droite une moue trompeuse. « Sauter par la fenêtre ? Elle croit que je suis folle, ma parole ! » Il fallait se débarrasser de cette mégère hypocrite.

Marinette se décida à jouer le jeu, assurant madame Gossipe que la crise était passée. L'émotion, sans doute, de revenir chez elle après de si longs mois. C'était tout ce qu'il avait de plus normal : elle était encore convalescente… D'ailleurs, elle allait de ce pas prendre les médicaments qu'on lui avait prescrits. En la voyant se lever et étaler sur la table de la cuisine toute une série de boîtes, madame Gossipe insista pour rester avec elle jusqu'au retour de son mari. Marinette, la voix doucereuse, déclina l'offre ; dans la foulée, elle la pressa gentiment vers la porte et la congédia avant que l'autre n'y trouvât à redire. Elle resta un moment collée derrière l'huis, afin de s'assurer que la mégère descendait l'escalier et qu'elle lui fichait enfin la paix. Mais s'il y avait tout de même un fond de vérité dans tout le fatras de commérage du concierge ?

De retour à sa loge, madame Gossipe fut tentée de fermer à double tour la porte. Elle entendait bien rendre la monnaie de la pièce à son mari. Une nuit à la fraîche ne ferait certainement pas de mal au père Gossipe. D'ailleurs, ce ne serait pas la première fois que cela lui arriverait. Mais l'absence de son corniaud l'en dissuada. Le salaud était parti avec « Bébé » : elle ne pouvait donc rien faire pour l'instant, enrageait-elle.

Puisqu'il en était ainsi… Elle s'empara dans le vaisselier de sa bouteille de guignolet et céda de mauvaise humeur et de bon cœur à son péché mignon. Elle se servit un petit verre, puis un autre, et un autre encore : toutes ces émotions et ces étages superflus méritaient bien un extra. Un autre, puis un dernier pour taire dans l'œuf l'angoisse que Gossipe ne se vengeât sur Bébé. Ne lui était-il pas déjà arrivé de le perdre volontairement sur les quais de Seine ? Par bonheur, Bébé avait été plus fort que les eaux nocturnes du fleuve. À la surprise générale, il était revenu trois jours plus tard japper à la porte de l'immeuble.

Madame Gossipe sentit une bouffée de chaleur l'envahir. Ses tempes palpitèrent. Elle se crut subitement l'entrain de rouler quelques bigoudis en attendant le retour de son âne bâté de mari. Elle se carra devant une glace suspendue à une petite chaîne au-dessus de l'évier, entreprit de faire courir ses gros doigts boudinés sur son crâne et de recouvrir sa chevelure ainsi apprêtée d'un filet pour la nuit. Lorsqu'à regret elle ferma les volets, elle jeta un dernier coup d'œil à la fenêtre donnant sur la rue, puis elle se coucha, la TSF allumée.

Le pas vif, monsieur Gossipe avait filé vers Cambronne, où il savait pouvoir calmer ses ardeurs refoulées. Le corniaud se vit refuser pendant tout le trajet les arbres de passage : Gossipe faisait exprès de donner suffisamment de longueur à la laisse pour que l'animal fût tenté mais, à chaque fois, il le tirait ensuite méchamment en arrière.

Le pauvre chien n'était pas au bout de ses peines. Ne voyant pas sa michetonneuse habituelle, Gossipe le tint pour responsable de lui avoir fait perdre son tour. D'un mauvais coup, il essuya la rancœur collée à sa semelle sur l'échine de son chien. Bébé, oreilles basses, gronda méchamment. Gossipe sursauta puis, vexé de sa peur, se vengea en jouant de la laisse sur les flancs du contestataire.

Le clébard couinait, tirant sur sa longe pour éviter la séance de la lanière, lorsqu'une voix de fausset se fit entendre. Gossipe se retourna face à l'empêcheur de tourner en rond qui se risquait, à bonne distance, à des réflexions moralisantes.

« Dieu n'aime pas celui qui n'aime pas les bêtes !

— Qu'est-ce que cela peut vous faire ! Je n'aime pas Dieu ! Et encore moins les lopettes ! »

L'autre ramassa vite sa « bibiche », l'enlaça sur sa poitrine et, sans demander son reste, décampa, cul serré, sous une volée bien sentie de noms d'oiseaux. Gossipe, l'invective toujours aux lèvres, le suivit du regard trottiner jusqu'à ce qu'il disparaisse à l'intérieur d'un immeuble voisin. Satisfait de lui, il reprit sa navette impatiente.

Une demi-heure plus tard, sa tapineuse se montrait enfin, de l'autre côté du carrefour. Gossipe se congestionna d'un bloc ; le souffle court, il se précipita vers elle. Sans lui laisser le temps de placer un mot, il l'agrippa fermement par le bras et la ramena à l'hôtel qu'elle venait juste de quitter.

Après un grommellement au taulier qui le connaissait bien, il lui arracha la clef des mains et se rua dans la chambre à l'étage. Pour une fois, il n'eut pas à la besogner longtemps dans le noir pour pousser son cri. Peut-être parce que derrière ses paupières mi-closes, il avait vu Marinette.

Dehors, attaché à la porte de l'établissement, le corniaud se vengeait, faisant à cœur joie, consciencieusement, ses vocalises de chien. À bout de patience, le taulier finit par frapper à la porte, éructant à Gossipe d'emmener son clébard faire son tapage nocturne ailleurs. Gossipe lui répondit avec un mauvais rictus que c'était le chien de sa femme et non le sien ! En retour, l'autre le menaça d'aller immédiatement rendre une petite visite à la loge, rue du Commerce… Gossipe fit un bond et sortit en trombe du meublé terminer, à sa façon, la conversation avec son chien. En le voyant, l'animal, pas mécontent du tout, se tut immédiatement avec à la gueule un drôle de sourire. Gossipe retint pour plus tard les méchancetés brutales qu'il avait en réserve. Il détacha l'animal et courut sous une pluie fine se mettre à l'abri sous les arcades du métro aérien boulevard de Garibaldi. Il remonta alors en direction de Dupleix : sans le savoir, il allait vers Jean.

En même temps qu'il avait proprement lissé le carré de journal dont le petit vieux s'était servi pour faire son cornet, Zébédée était passé de l'étonnement à la perplexité. Se pouvait-il que ce fût une coïncidence ? Jean avait lu et relu, jusqu'à la somnolence, l'article consacré au sauvetage de la désespérée, rue du Commerce. Après un ultime sursaut, sans qu'il en eût conscience, il s'était affalé tout doucement sur son banc, l'habit saupoudré et noirci des épluchures de marrons grillés, le papier au creux de ses phalanges repliées.

Il retrouva un rêve familier qui le voyait aux prises avec Édith et Marinette, chacune ayant le visage de l'autre mais gardant sa propre voix. Sa confusion devint totale lorsqu'il comprit qu'il était lui-même tous les personnages de son songe.

De fines gouttes glacées firent leur apparition. Plongé dans un profond sommeil aviné, Jean s'était recroquevillé sur la planche de son banc, le trois-quarts remonté sur la tête. La pluie s'accentua. Jean grommela, se rassembla un petit peu plus. Ses vêtements se trempèrent peu à peu. Il trembla mais ne se réveilla pas. Le petit vieux, encore en maraude à cette heure tardive, vint à passer près de lui. Il se pencha. Jean ronflait. Il le secoua d'abord légèrement puis, devant son manque de réaction, plus franchement.

« Debout mon garçon ! Réveille-toi, sinon tu vas attraper la fièvre ! »

Pour toute réponse, Jean grogna à Marinette de fermer la fenêtre car la pluie entrait dans la chambre : il se pelait ! Le petit vieux le gigota encore un peu par le col : « Si tu veux te faire tremper comme une soupe, mon garçon, libre à toi ! M'est avis toutefois que ce n'est pas bon pour ce que tu as, surtout quand une paire de cuisses toute chaude t'attend ! »

Jean sourit dans son sommeil. Le vendeur de marrons chauds lui déposa sur le corps un lambeau de poncho militaire dont il se servait pour protéger sa bassine à griller et partit de son côté, la carriole devant, le laissant toujours inconscient après lui avoir promis à l'oreille des retrouvailles prochaines. Jean mâchonna sa salive, l'avala difficilement et instinctivement remonta le carré imperméable qui maintenant le protégeait au creux de sa somnolence.

Quand elle se fut débarrassée de madame Gossipe, Marinette était restée un bon moment debout dans sa petite entrée, autant pour être prête à rabrouer cette dernière, s'il lui était venu l'idée de revenir, que pour se jeter au cou de Jean au premier tour de clef. Longtemps après, elle s'était assise sur le bord de son lit, serrant contre son ventre un oreiller. Dans l'obscurité de la pièce, elle avait lutté pour ne pas ruminer les bavardages des Gossipe, se répétant à l'envi qu'il suffisait que Jean arrivât pour qu'elle pardonnât tout.

L'attente s'éternisa. Il fallait réagir. Son amour n'était pas une petite amourette de printemps s'éteignant à la première parole malveillante ! Elle jeta rageusement l'oreiller à terre et se leva. Puisqu'il en était ainsi, elle irait elle-même au-devant de son Jean, où qu'il fût !

La voix railleuse de Denise éclaboussa ses tympans. Allons donc, qui cherchait-elle à tromper ? Elle n'avait nul besoin de la présence de Jean pour continuer à passionner l'amour qu'elle avait pour lui ! Alors pourquoi descendre ?

Elle enfila un vêtement et, armée d'un parapluie, elle quitta silencieusement le petit appartement. Devant la loge, elle se raidit, l'oreille aux aguets : rien ! Elle continua sur la pointe des pieds, prête à décaniller aux premiers aboiements du corniaud. Elle fila : l'animal ne se manifestait toujours pas.

Quelle direction choisir ? Quel chemin avait-il pris pour revenir de l'atelier ? Il n'y avait plus de métro à cette heure. Denise revint à la charge. Marinette lui répondit sans réfléchir que Miguel était peut-être, pour une raison quelconque, responsable du retard de Jean. Denise pouffa. Cette idée n'était pas plus absurde que son absence un jour comme aujourd'hui. Denise abandonna. Puisqu'elle voulait jouer… Jouer à leurs retrouvailles comme par le passé, lorsqu'elle venait le chercher le soir après le travail. Ils se retrouveraient sous les arcades du métro aérien ; elle se jetterait dans ses bras, il l'embrasserait et ils rentreraient chez eux, dans leur petit nid, marchant serrés très fort l'un contre l'autre.

Elle eut un petit rire en songeant qu'à l'entendre parler toute seule, la nuit dans la rue, on pourrait bien la prendre pour une folle ! Mais à cette heure, sous une pluie pareille, qui aurait l'envie saugrenue de se promener à la fraîche ? « Personne », se répondit-elle toute ragaillardie.

Au carrefour, en prenant à gauche le boulevard de Grenelle, elle scruta tout autour d'elle sans apercevoir la silhouette de Jean. Il ne fallait pas exagérer ! C'eût été trop beau qu'il fût là, arrivant vers elle à cet instant précis, les mains dans les poches, le col relevé et la Celtique au coin des lèvres. Elle soupira, ferma les yeux une poignée de secondes pour les ouvrir lentement. Jean n'apparut pas.

Une brève rafale de vent chahuta son parapluie et lui fouetta le visage d'une claque humide. Quelle drôle de nuit ! Elle s'imagina qu'elle et Jean étaient seuls à marcher dans Paris, se rapprochant l'un de l'autre à chaque pas. Subitement, elle s'arrêta. Devant elle, à quelques mètres, il lui avait semblé voir une forme bouger sur l'ombre d'un banc. Elle s'accrocha des deux mains au manche de son parapluie. Avait-elle rêvé ? Elle força sa vision dans l'obscurité : en vain.

À quelque distance de là, un corniaud tenu en laisse, la queue basse, le pelage humide, trottinait aux basques de son maître. Gossipe, sur le trottoir opposé, venait, masqué par les arcades et les voitures en stationnement, en direction de Marinette. Marchant silencieusement, l'un sur ses coussinets, l'autre sur ses semelles de crêpe, ils s'approchaient. Soudain, l'animal pointa sa truffe au vent. Il venait de renifler une odeur familière. Il essaya à toute force d'entraîner Gossipe de l'autre côté du boulevard. Ce dernier se cabra et tira sèchement en arrière le collier de l'animal. Étranglé, le corniaud couina mais ne s'en laissa pas pour autant compter.

Que pouvait-il bien y avoir de l'autre côté qui excitât à ce point le chien ? se demanda Gossipe, partagé entre curiosité et méfiance. L'idée qu'une fois encore le corniaud eût pu lever une amazone à l'ouvrage sous une porte cochère dissipa cependant ses craintes : la tentation était trop grande ! Il céda. Intimant le silence à son animal, il donna du mou à la laisse et quitta son trottoir pour l'autre rive. La queue frétillante, les oreilles dressées, le corniaud s'élança joyeusement.

Marinette s'était remise en marche prudemment, sans plus quitter des yeux la forme grise devant elle. Sa vision se précisait petit à petit. Quand elle n'en fut plus qu'à deux pas, elle retint son souffle en découvrant un clochard mal abrité sous une bâche. Elle aurait pu tout bonnement traverser le terre-plein et laisser la chose à bonne distance ; au contraire, elle avança le long du banc, cramponnée à la défense ridicule de son pépin. La bâche gronda. Marinette poussa un petit cri étouffé et prit ses jambes à son cou sans se retourner.

Son imagination fiévreuse l'emportant, Gossipe salivait d'avance à la scène qu'il pensait surprendre. Il longea les arcades tout en essayant de repérer l'endroit exact d'où le cri était parti. À chacune de ses haltes, masqué derrière un pilier, il se remémorait tous les petits plaisirs pêchés ces derniers mois au gré de ses pérégrinations nocturnes. Le sang lui monta au visage, la sueur se mêla à la pluie qui ruisselait sur son front.

Il quittait prudemment le pilastre derrière lequel il s'était caché lorsque, subitement, il devina une femme s'en aller en courant. Le corniaud émit un jappement inhabituel. Gossipe se mordit les lèvres. Bon sang ! La garce se caltait. Dommage, il se serait bien rincé l'œil en guise de friandise avant de rentrer.

Il était dit que ce soir lui réserverait d'autres surprises. Une forme bougea sur un banc en ronchonnant. Gossipe décida de lui jouer un tour à sa façon, histoire de rire un peu. Il libéra son corniaud et lui ordonna d'attaquer. L'animal, tout content et pas rancunier pour un sou, se mit à sauter de joie et fila visiter l'arbre le plus proche pour y laisser sa trace. Puis il galopa comme un fou, heureux de sa liberté, avant de revenir au banc et de s'intéresser, sans une once d'agressivité, au corps allongé. Gossipe s'énerva et renouvela son ordre en traitant son chien de tous les noms qui lui venaient à l'esprit. Toute cette autorité n'eut guère l'effet escompté, bien au contraire : à sa grande surprise, il vit son corniaud de corniaud faire la fête à la forme avinée.

Gossipe se précipita à terrain découvert voir de plus près l'olibrius qui avait suscité un tel élan d'affection. Cela ne pouvait être que quelqu'un du voisinage, songeait-il en s'approchant ; un gars qui s'offrait des coups de canifs nocturnes au contrat et qui se cachait pour… Il n'acheva pas sa pensée, le corniaud tira la bâche qui recouvrait l'homme et s'enfuit en sauts de cabri, grognant de plaisir, gigotant de la gueule son bout de toile en tous sens.

Gossipe reconnut Jean Zébédée, couché inconfortablement dans un bien triste état de somnolence. Il tendit une main vers son épaule. Jean balaya l'air au-dessus de lui de swings larges et dérisoires destinés à chasser la myriade de picotements humides et glacés qui lui giflait le visage et finissait de le tremper. De son côté, le corniaud se débattait toujours contre le carré qui lui couvrait à présent la vue. Il s'empêtra les pattes dans le poncho et glissa lamentablement, le « kaï, kaï ! » ridicule à la gueule.

« Bien fait », jeta Gossipe, moqueur, avant de revenir à Jean et de l'apostropher.

Au même moment, loin devant, Marinette n'était plus qu'à deux pas du pont de Bir-Hakeim. Elle avait couru jusqu'à ce que le souffle lui manquât.

« Monsieur Zébédée ! Quelle surprise, mes aïeux ! On a un peu trop arrosé la libération de sa femme, à ce que je vois ! Ah, ah, ah ! »

Jean marmonna une suite de mots inintelligibles. Quelque chose n'allait pas dans la chambre : il pleuvait encore à l'intérieur. Naturellement, Marinette ne s'était pas levée ! Ils n'allaient tout de même pas se faire saucer jusqu'au petit matin ! Il tendit le bras vers Marinette pour la chasser hors du lit avant qu'ils ne se réveillassent dans une baignoire. Il ne trouva que le vide.

« Marinette, qu'est-ce que tu attends pour fermer cette fichue fenêtre ! Où es-tu ? Qu'est-ce que tu fais ?

— Eh, l'ami ! Je ne comprends rien de ton baragouinage ! Oh… j'vous cause ! », cria Gossipe en le poussant sans ménagement pour qu'il lui concédât une petite place sur le banc.

Assis sur le bois vert, il n'en continua pas moins à méchamment l'écarter par petites touches successives. Zébédée finit par glisser. Il s'affala de tout son long sur le trottoir, sous les sarcasmes de Gossipe. Le corniaud, enfin débarrassé de son carré de toile, se précipita sur Jean pour lui donner de grandes lampées affectueuses et baveuses sur le visage.

La confusion s'accentua. La chambre tanguait à présent. Jean eut la nausée, le lit prenait de la gîte. Il passa par-dessus bord. Il crut d'abord qu'il allait se noyer. Mais non : il flottait sur du dur !

« Réveille-toi, Zébédée ! T'es pas au cirque !

Gossipe sourit, toutes dents dehors.

— Ce n'est pas la voix de Marinette ! Il y aurait donc quelqu'un d'autre dans la chambre ? Mais où je suis, à la fin ?

— Eh ben mon cadet ! T'en tiens une bonne ! », rigola Gossipe qui le regardait se débattre de tous ses membres, vautré sur le trottoir.

C'était la petite madame Zébédée qui allait en avoir une surprise quand il allait lui ramener son mari dans un état pareil ! Cela vaudrait sûrement une petite compensation plus tard… Gossipe se gargarisait d'avance à cette idée. Il tendit la jambe et pointa du pied les flancs de Jean. Avoir tout son temps, cela ne signifiait pas y passer la nuit ! D'autant qu'il valait mieux ne pas rentrer au vu et au su des gens du quartier et de l'immeuble. Le service n'en serait que plus redevable.

Jean émit un gargouillis, bâilla, essayant de saisir au vol la présence qui lui chatouillait la base du cou. Il attrapa le corniaud par le col. Surpris, l'animal couina et recula vivement. Lorsqu'il vit Jean lâcher prise, Gossipe rit de plus belle. Une voiture passa pleins phares à vive allure. Le corniaud se mit à aboyer. Gossipe s'énerva. Ce n'était plus l'heure de réveiller le voisinage ! Il quitta le banc pour tenter de relever Jean. Les bras sous ses aisselles, il essaya laborieusement de le soulever tandis que le corniaud vagabondait autour d'eux. Jean pesa de toute sa masse.

« Bon sang, l'ami, fais un petit effort ! J'vais pas te porter jusque dans ta carrée ! J'ai plus les reins à ça ! »

À ces mots, il le lâcha. Jean s'effondra sur le trottoir. La douleur eut l'air de le réveiller : il cria et reprit un peu de conscience. Assis sur son séant dans une flaque d'eau, il commença à émerger doucement. Enfin, il réalisait qu'il n'était pas dans sa chambre, fenêtre ouverte. Il était tout bonnement dehors, trempé comme une soupe. Il lui fallut encore quelque temps pour comprendre que la piquette du vieux n'avait pas fait bon ménage avec ses blancs citron. Il se frotta énergiquement le visage pour se donner la vitalité nécessaire à se remettre debout tout seul.

À la première tentative, l'étourdissement le prit et il retomba aussitôt. Son estomac en profita pour libérer un excédent de liquide. Gossipe eut un haut-le-cœur et se détourna. Peut-être bien que cela méritait d'y revenir à deux fois, chez madame Zébédée… Dans son dos, Jean, secoué de spasmes, affalé au sol, récupéra un semblant de lucidité. « Ce cher Gossipe ! Était-ce une heure pour promener son chien ? »

Il eut soudain la folle idée que Marinette, morte d'inquiétude, l'avait envoyé à sa recherche. Pire encore, peut-être était-elle descendue aussi. « Mon dieu ! Maudit vieux ! Maudit picrate ! Maudits marrons chauds ! »

« Oui ! se mit-il à hurler, je vous maudis tous, je maudis la terre entière ! Et Grenelle, par-dessus le marché ! »

Gossipe se précipita sur lui.

« Taisez-vous ! Vous allez ameuter la poulaille !

— D'abord, qu'est-ce que vous faites là ? »

À sa seconde tentative, Jean était parvenu à se relever, à l'arraché. Malgré un fort roulis, il tenait tant bien que mal sur ses pieds, jambes écartées. Il enchaîna, forçant son articulation :

« Il faudra que j'en dise deux mots à madame Gossipe ! Comme ça, dès que la bourgeoise est endormie, on va faire les rues avec le cabot ? »

Gossipe ne se laissa pas démonter.

« Si vous voulez que votre femme vous trouve dans cet état-là, je peux vous laisser vous débrouiller tout seul ! Mais cela n'arrangera pas vos affaires. Je sais, c'est pas drôle de perdre son boulot. Vous croyiez peut-être que je n'étais pas au courant ? Deux termes de retard, allons donc ! En plus, on cache la vérité à sa bergère ! On ne dit rien jusqu'au jour où on ne peut plus reculer, hein ? Alors, on boit un petit verre pour se donner du courage, puis un autre et un autre… Je n'aimerais pas être à votre place, mon vieux ! »

Jean sourit en songeant que l'autre n'avait rien compris. Il aurait pu lui dire qu'il n'avait pas perdu son boulot mais qu'au contraire il avait démissionné. Nuance ! Même si ce n'était vraisemblablement pas très différent de son point de vue, il s'agissait d'un acte volontaire. Pour la première fois de sa vie, il n'avait pas laissé l'initiative aux autres, au destin. Quoique… Non, le doute n'était pas permis, continua-t-il de penser. À quoi bon expliquer cela à ce gros balourd ?

« Chante, mon ami, chante sur tous les toits ce que tu sais ou crois savoir ! Tu me rendras service et mieux encore ! Je suis déjà presque parti et maintenant que j'ai pris mon bagage, comme tout cela m'importe peu, même s'il me faut fermer bien des choses avant mon départ, avant de voguer léger vers mon horizon ! Tu peux me mater, espèce d'hypocrite, tu ne tireras rien de moi. Tu m'indiffères, petit Gossipe. »

« Qu'est-ce que tu marmonnes encore, soûlot ! Hein ? Tu veux que je t'aide ou pas ? Décide-toi vite, sinon je te laisse dans ton jus !

— Tu me fais bien rire avec tes menaces, le pipelet !

— Qu'est-ce que tu manigances ? T'as perdu ta langue, Zébédée ?

Gossipe se lâcha :

— Tu t'es jamais demandé pourquoi ta moitié avait fait le grand saut, dis ? Et quand je te parle de ta moitié, mon gars, je ne sais pas s'il t'en reste bien la moitié. Ah, ah, ah !

— T'es qu'une ordure, Gossipe, tu ne vaux même pas la salive de te le cracher au visage. »

Pendant encore de longues minutes, les deux hommes continuèrent, l'un à parler haut et fort, l'autre à lui répondre par un silence chargé de pensées.

La pluie avait cessé ; le corniaud s'était tapi tranquillement dans un coin à l'abri. À sa façon d'aplatir sa gueule sur le trottoir, on aurait juré qu'il suivait la conversation, les babines rieuses. De temps en temps, il émettait un soupir, redressait ses oreilles, puis replongeait dans une écoute attentive.

Une Dauphine pie vint à passer au ralenti. La voiture s'arrêta à proximité, au feu tricolore ; on les observa de l'intérieur. Gossipe se calma instantanément. Il vint au-devant de Jean et l'agrippa fermement pour qu'il se tînt droit. Ils firent quelques pas comme l'auraient fait deux amis, marchant bras dessus, bras dessous. Le corniaud surveilla le manège sans bouger. Gossipe le siffla. Le feu passa au vert, la Dauphine démarra lentement, comme à regret.

Jean tanguait sérieusement ; Gossipe avait de plus en plus de mal à le tenir. La voiture de police s'éloigna. Gossipe fit demi-tour vers le banc public qu'il venait de quitter. Jean commençait à s'amuser en songeant au mal que se donnait le pipelet pour le ramener chez lui. Il se fit exprès encore plus pesant, accentuant l'instabilité de son équilibre. Gossipe souffla mais réussit à le caler pour qu'il ne glissât pas à terre.

« Voilà ce que je vous propose. On attend encore un peu et on y va. À moins de cent mètres, vous pourrez vous asseoir à nouveau », lui dit-il, moins disposé que jamais à renoncer aux faveurs reconnaissantes et obligées de madame Zébédée.

Jean répondit qu'on le laisse ici finir sa nuit.

« J'ai tout mon temps pour rentrer chez moi. Je fais ce que je veux, vous devriez le savoir, non ? Je suis un homme libre, libre ! Libre ! Ça vous dépasse, j'en suis sûr ! »

Gossipe ne répondit pas tout de suite, occupé à ramener discrètement du pied le portefeuille de Jean tombé à terre. Ce ne fut pas une mince affaire que de l'amener jusque dans sa poche. Un œil sur Jean, l'autre sur les alentours, il se lança dans un grand numéro de contorsionniste pour arriver à ses fins. Quand ce fut acquis, il tapota sa jambe de pantalon, ravi de ce premier extra. « Cause toujours mon bonhomme, on verra au bout du compte qui ça dépasse ! » songea Gossipe.

Soudain Jean s'exclama :

« Tiens, revoilà la poulaille ! Il se mit alors à chantonner : Ils sont passés par ici, ils repasseront par là, colchique dans les champs… »

Gossipe, blême, ne l'écoutait plus. « Est-ce qu'ils l'avaient vu ramasser le larfeuille ? Et s'ils se faisaient serrer pour un contrôle et qu'ils étaient fouillés ? Il aurait du mal à expliquer sa présence dans ses poches. »

Ce fut Jean qui rompit le premier, en proposant à Gossipe de rentrer. Risquer de passer le restant de la nuit au commissariat de police n'était finalement pas une bonne idée quand un peu plus tard, il pourrait, pourquoi pas, passer la journée avec Édith puis retrouver Marinette le soir, songeait-il. Il se fustigea immédiatement. « Mais qu'est-ce qui me prend ? Marinette et Édith, c'est fini, n, i, ni, fini ! »

Les deux hommes se levèrent pour de bon en direction de la rue du Commerce. La voiture pie s'en alla, elle aussi, mais au premier carrefour, elle prit le boulevard de Grenelle dans l'autre sens et suivit de loin les deux lascars qui lambinaient bien tard avec leur chien. Jean, oubliant provisoirement de peser sur Gossipe, s'accrocha à son bras. Le corniaud bâilla, s'étira, pattes avant tendues, émit un son presque humain, puis trottina à leur suite. La Dauphine, tous phares éteints, patientait dans leur dos. Jean poursuivit son effort.

La nausée revint ; Gossipe l'encouragea à se retenir jusqu'au pilier suivant. Là, ils seraient hors de vue pendant un instant. Jean y soulagea encore son estomac. Pendant quelques minutes, il se sentirait mieux : il fallait donc en profiter. Il demanda à Gossipe d'activer le pas autant que son état le permettait. Avec un petit peu de chance, ils pourraient arriver d'une traite maintenant jusqu'à leur rue. Gossipe se retourna une seconde : la Dauphine était toujours à l'arrêt.

Au pont de Bir-Hakeim, Marinette hésitait après avoir scruté une ultime fois le paysage nocturne citadin qui s'offrait à elle. Un taxi en maraude se présenta. Elle fouilla dans son sac. Elle avait suffisamment d'argent pour un bout de course. Elle lui fit signe et lui demanda de faire le chemin qu'aurait probablement suivi Jean s'il était revenu à pied des ateliers. Le chauffeur démarra puis fila à vitesse réduite le long des quais.

De temps en temps, il lorgnait à la dérobée, dans son rétroviseur intérieur, Marinette pendue à la vitre de la portière légèrement entrouverte. « Encore une dispute d'amoureux, imagina-t-il, un tantinet sentimental. Une jolie brunette comme cela, poursuivit-il, ça ne se laisse pas toute seule la nuit. Ça se garde bien au chaud chez soi ! »

La pluie finit par se calmer, les balais d'essuie-glace cessèrent leur va-et-vient, la buée s'en alla petit à petit. Ils approchèrent de Boulogne. Marinette était perplexe sur le chemin à prendre. C'était la première fois qu'elle effectuait le trajet en voiture, la nuit de surcroît. Le chauffeur stoppa et l'interrogea sur l'adresse exacte de sa destination ; il ne voyait nul inconvénient à la promener jusqu'au petit matin, mais le compteur tournait… Marinette sortit son porte-monnaie et lui tendit son argent : qu'il la conduise jusqu'au dernier de ses francs ; après, elle se débrouillerait pour le retour. Le chauffeur se retourna vers elle : « Jusqu'au dernier sou, Madame ! C'est d'accord ! »

Il garda pour lui la crainte qu'elle fît une bêtise quand elle quitterait son taxi. Marinette s'accrocha à nouveau à la vitre ; le chauffeur embraya.

« Pourquoi n'avait-elle pas vu la moindre ombre qui eût pu lui donner l'impression qu'il s'agissait de Jean ? Oui, pourquoi ? », s'interrogeait-elle, tout en se refusant d'admettre qu'il pouvait ne plus prendre ce chemin depuis déjà un certain temps. Soudain, l'idée lui vint de faire demi-tour immédiatement et de revenir le lendemain à la sortie des ateliers pour en avoir le cœur net.

« Oh ! Comme je t'aime mal, mon Jean, pour laisser germer en moi de telles pensées ! Pardonne-moi, je t'en prie, de n'avoir songé qu'à moi, au mal que tu pourrais me faire, sans imaginer une seule seconde qu'au contraire je pouvais blesser ton cœur ! Que te dire pour expliquer mon absence tout à l'heure ? Mon amour, je cours vers toi ! Je reviens ! »
Denise haussa les épaules, avec un sourire désabusé.

« Monsieur, j'ai changé d'avis ! Je veux rentrer maintenant ! Vous avez assez, s'il vous plaît ?

Voyant que le compteur avait presque tout mangé, le chauffeur lui répondit :

— Vous n'aurez qu'à me payer le restant une fois chez vous ! J'peux pas vous débarquer ici, c'est pas prudent ! Votre mari, qu'est-ce qu'il me dirait, jolie petite madame ! »

Marinette n'écoutait déjà plus l'homme qui, ravi de pouvoir enfin bavarder, ouvrait le moulin à paroles sans fin des morceaux de vie auxquels il avait participé ou qu'on lui avait racontés.

Le voyage du retour lui sembla une éternité. Par moments, elle esquissait un rictus gentil d'approbation par le truchement du miroir intérieur, pour ne pas froisser la susceptibilité du conteur qui narrait, avec une emphase grandissante, les malheurs nocturnes de ses clients. Que n'aurait-il à écrire sur ce sujet si l'occasion se présentait ! Il rebondissait sans cesse, agrémentant parfois de détails qui se voulaient croustillants ses anecdotes choisies.

À la longue, Marinette finit par être gênée et se sentit de plus en plus mal à l'aise de pénétrer par effraction, sans pudeur, dans la vie de personnes qu'elle ne connaissait pas. Lorsque la rue du Commerce se présenta enfin, elle ne fut pas fâchée d'abandonner son chauffeur qui, finalement, lui apparaissait bien moins sympathique qu'il ne s'en donnait l'air. Surtout après qu'il lui eut annoncé avec des larmes de crocodile, le prix cadeau de la course totale. Marinette ne discuta pas.

Elle entra sans bruit dans l'immeuble et grimpa à pas feutrés les six étages. Arrivée sur son palier, elle se présenta sur la pointe des pieds devant sa porte. Elle tendit l'oreille : calme plat, silence total. Elle introduisit la clef dans la serrure et, grimaçant par avance au déclic, elle ouvrit. La porte grinça, elle se faufila vite dans l'embrasure et se dirigea sans allumer vers la chambre obscure. Son cœur se mit à battre la chamade en entendant le souffle de Jean. Le taxi attendait en bas… Le billet à la main, elle redescendit discrètement payer, sans un pourboire, son chauffeur qui commençait à s'impatienter.

Le visage avait changé. Le sourire avait disparu ; il lui prit l'argent et sans lui rendre les deux sous de monnaie, sans un merci, il lui tourna le dos, lui reprochant presque de lui avoir fait perdre son temps. Marinette haussa les épaules ; une pirouette sur elle-même, elle sautilla et s'engouffra dans le hall.

Toujours dans l'obscurité, elle referma la porte avec mille précautions pour ne pas réveiller Jean. Elle resta là une poignée de secondes à couver son sommeil dans la pénombre. Elle suivit le rythme de ses inspirations jusqu'à progressivement se mettre à respirer en mesure avec lui. Subitement, il hoqueta, graillonna puis ronfla bruyamment avant de reprendre le cours tranquille de son sommeil pesant. Elle embrassa la paume de ses mains et souffla en sa direction le tendre baiser fraîchement cueilli à ses lèvres. Ensuite, elle alla dans la cuisine et y alluma l'une des bougies posées sur un goulot de bouteille étoilée.

Gossipe avait pris la peine d'aider Jean à monter les six étages dans l'espoir de commencer son petit numéro devant Marinette. Malheureusement, elle n'était pas là. La mine déconfite, il avait songé un instant à… mais il s'était souvenu du portefeuille qui l'attendait dans sa poche intérieure de caban.

« À demain, monsieur Zébédée, ou plutôt à tout à l'heure ! » Jean resta le dos tourné et ne lui répondit pas. « Maintenant, il donne dans le monsieur Zébédée, qu'est-ce qu'il mijote ? Et cela veut dire quoi : à tout à l'heure ? »

En repartant, lorsque Gossipe eut fermé lui-même la porte, Jean se lança dans une séance d'équilibriste pour se déshabiller. L'effeuillage de son pantalon se termina par une chute malencontreuse sur le lino. Mais au bout du compte, il parvint à escalader son lit et à plonger sous les draps.

Finalement, ce n'était pas si mal que Marinette ne fût pas là pour l'accueillir. Cela lui donnait encore quelques heures de répit et un sujet de controverse en moins qui eût pu détourner le sens des instants à venir entre eux deux. En attendant, d'insidieuses questions bercèrent ses dernières secondes de lucidité. N'aurait-il pas été mieux qu'il ne revînt pas à l'appartement ? Mais où aller en attendant ? Chez Édith ? À Nanterre, dans le bidonville ? Où ? Il sombra sans avoir le début d'une réponse. Et ce ne serait pas la tempête de ses rêves qui le lui apporterait.

De son côté, Gossipe avait rejoint sa couche en remettant à demain l'inventaire de son larcin. Madame, si elle ne dormait pas, ne le montra pas, trop contente de savoir de retour son Bébé chéri.

Marinette se glissa sous les draps et, petit à petit, vint se coller contre Jean, épousant son corps en chien de fusil tout doucement pour ne pas le réveiller. Il sentit sa chaleur, mais se garda bien de bouger le moindre cil. Elle finit par s'endormir après avoir gourmandé de haute lutte contre le sommeil le souffle saccadé de Jean.

Le tic-tac imperturbable et bruyant du Jaz monopolisa à nouveau toute l'atmosphère de la chambre ; depuis bientôt trois heures, mardi avait commencé sa journée. Dehors, la Dauphine pie, après une dernière boucle, avait repris le chemin de la rue Fondary. Sans le savoir, Jean avait été reconnu par l'un des policiers de la ronde. « Pauvre gars, complément saoul ! N'a pas l'air de s'être remis du vol plané de sa femme », s'était-il exclamé devant ses collègues qui, dès lors, avaient voulu s'assurer qu'il rentrerait chez lui sans tapage.

VI

Édith avait d'abord espéré que Jean oublierait les mots qu'elle lui avait jetés à la figure. Aurait-il fait demi-tour immédiatement qu'elle lui aurait demandé pardon, s'il l'avait fallu. Cependant, l'orgueil avait eu tôt fait de l'emporter. Ruminant sa vengeance amoureuse tout l'après-midi, elle avait alors simplement souhaité qu'il revînt, uniquement pour le plaisir de lui fermer la porte au nez, de le jeter hors de son lit, pour qu'il connût enfin la douleur que ressent l'amour blessé.

Lorsque le soir arriva, la colère fit place à la frustration de voir que même cela, Jean n'avait eu le cœur de le lui offrir. Peu importait qui avait raison ou tort !

Les heures continuèrent leur ronde. Finalement, elle repartit au café de l'île Saint-Germain retrouver Monique et Gino, avec l'idée, peut-être, de finir la nuit avec eux.

Lorsqu'elle arriva, un groupe d'habitués la salua en la dévisageant avec insistance. Édith rendit le bonjour sans répondre pour autant à l'invitation de rejoindre leur table. Elle déboutonna son imper pour s'installer au bar. Elle se hissa sur le tabouret haut et, sous un sifflet accompagné d'un murmure gras, croisa une jambe sur l'autre. Édith ne leur offrit pas le cadeau de faire une volte-face, la réplique cinglante aux lèvres : le barman venait vers elle.

« Salut Charlie, une fine s'il te plaît ! Pourquoi les barmen se sentent-ils toujours l'obligation de se faire appeler Charlie, Barney et consorts, surtout par ici, hein mon pauvre

Bernard ? Et prends pas cet air de merlan frit, mon bonhomme, c'est pas demain la veille que t'y goûteras, même en allongeant tous tes pourboires ! J'me mélange pas dans le boulot ! »

Charlie revint *illico*, la bouteille d'une main et le petit verre à long col de l'autre. Il la servit avec cérémonial, puis se pencha vers elle en signe de connivence.

« T'es bien songeuse, Édith ! Un problème, ma poulette ? lui demanda-t-il avec des airs protecteurs, la main sur son avant-bras pour mieux marquer une certaine prépondérance vis-à-vis des autres accoudés au bar.

— C'est bon, Charlie ! T'as vu Monique ce soir ?

— Pas encore », lui dit-il en astiquant inutilement le zinc devant elle tandis que le groupe d'attablés commençait à chambrer ses avances.

Oubliant ses devoirs de barman, il renvoya sèchement la balle. La clientèle s'anima. Les invitations fusèrent de plus belle jusqu'à ce qu'il prît la mouche, quittât son comptoir et… arrêtât son élan devant son patron qui sortait de l'arrière-salle.

« Qu'est-ce que tu fiches sans plateau en dehors de ton bar ? »

Bernard préféra se taire et retourner sans demander son reste derrière le comptoir sous les quolibets de ses détracteurs, lesquels virent à leur tour le patron se ruer vers eux.

« Je suppose que ces messieurs prendront la même chose ? Moi, à votre place, j'aurais la pépie à force de rire… »

À ces mots, il fit apparaître un nerf de bœuf et joua avec. Personne n'osa s'interposer et chacun commanda son verre. Le patron retourna à ses affaires de l'autre côté après un signe amical en direction d'Édith. La pendule publicitaire coincée au-dessus des rangées de bouteilles lui rappela qu'il était encore trop tôt pour la venue de Monique. Bernard revint vers elle et lui tendit un second petit verre. Elle leva les sourcils.

« C'est pour moi, Édith ! »

Elle lui sourit et sortit de sa poche un paquet de cigarettes. Un paquet de Celtiques : le paquet entamé de Jean. Elle en piqua une première. Bernard lui présenta une flamme sans imaginer que chacune des bouffées à venir serait destinée à Jean.

Elle sirota lentement chaque taffe, tantôt pour lui dire de ne plus jamais remettre les pieds dans sa vie, tantôt pour lui dire le contraire. Bernard essaya à nouveau d'entamer la conversation mais elle l'en dissuada immédiatement, une nouvelle tige aux lèvres. Elle n'avait nulle envie de parler, de gaspiller le son de sa voix à débiter une suite de mots, juste pour le plaisir de bavasser. Bernard, interloqué, se demanda ce qui lui prenait ce soir.

« Ça va bien ?

— Charlie, laisse tomber, fiche-moi la paix ! »

Charlie se pencha et lui susurra à voix basse :

« Je vois bien que t'as un problème. J'ai pas de conseil à te donner, mais tu devrais faire comme ta copine Monique ! Elle s'est trouvé une fin, elle ! Je ne vois pas pourquoi tu t'obstines. Le copain dont je t'ai parlé est toujours prêt à faire ta connaissance, tu sais ! On peut lui faire confiance. Et puis avec lui, ce serait autre chose pour toi !

— Mais de qui tu me parles ? Je t'ai déjà dit non et non, mon vieux ! Tes conseils, tu peux te les carrer où je pense ! J'ai besoin de personne ! Encore moins de Léo, si c'est de lui que tu me causes ! Il t'a promis combien ? »

Charlie réserva sa réponse. On le sifflait à l'autre bout du zinc : il faisait soif ! Un des attablés en profita pour se lever et venir s'installer au bar à côté d'Édith, à présent que le loufiat était occupé. Perdue dans ses pensées, elle ne l'entendit pas lui parler. « Comme Monique : faire une fin avec Gino ! Tu rêves, mon pauvre Charlie ! T'as vraiment pas idée… »

Peu de temps avant sa rencontre avec Gino, Monique était venue la voir un jour, tout excitée, avec en main un vieux journal. À la rubrique des annonces saisonnières, quelques lignes avaient attiré son attention. Elles proposaient deux emplois, l'un de serveuse, l'autre de femme de chambre dans un hôtel sur la Riviera. Le soleil ! Depuis qu'elles se connaissaient, combien de fois, au hasard des vicissitudes de leurs vies respectives, n'avaient-elles parlé à l'envi de fuir cette existence pour le soleil ? Vivre autre chose, rencontrer enfin leur homme, tout simplement, tant que leurs charmes, pouffaient-elles, le leur permettaient. Pourquoi pas un bon vieux, plein aux as ? Bien évidemment, il était trop tard pour l'annonce, mais elles devaient prendre cela comme un signe, une invitation du destin. Il leur faudrait un petit pécule pour le voyage et leur installation là-bas, le temps de trouver du travail sur place.

« Du travail ? », avait interrogé Édith, la moue taquine. « Oui, justement, un travail », avait répliqué Monique. On n'attrape pas les mouches avec du vinaigre. Un travail, avait-elle insisté, pour ensuite s'introduire chez le bourgeois en mal de sentiment, avait-elle conclu en riant. Dès lors, elles n'avaient pensé qu'à cette fin, à cet eldorado. Était-ce pour cela ou à cause de cela que les choses s'étaient précipitées ? Quelques semaines à peine plus tard, Monique rencontrait Gino.

Le lendemain même, Monique expliqua à Édith que c'était une occasion parfaite d'arrondir leur pécule commun et surtout une excellente répétition pour le rôle qu'elles auraient à jouer plus tard. Et puis, après tout, un protecteur pendant l'intervalle, ce n'était pas forcément un mauvais calcul… « Est-ce pour cela que, toi aussi, tu as couru après Jean ? », s'interrogeait Édith. Non, c'était autre chose. C'était à la fois plus compliqué et plus simple : la folie d'avoir envisagé une seconde que Jean l'accompagnât là-bas et devînt son amant de cœur.

Le jeune homme, perché sur le tabouret à côté d'elle, claqua des doigts devant son nez :

« Vous n'êtes pas très bavarde ! Oh, oh ! Miss, j'vous cause ! »

Édith sembla revenir d'une longue rêverie, puis le toisa.

« J'vous offre un verre ? J'm'appelle Roland. Et vous, c'est Édith, n'est-ce pas ? »

Derrière, des voix égrillardes encourageaient le jeune homme. Il se retourna et, le ton autoritaire, calma les exhortations de ses copains attablés.

« Charlie ! Une autre fine pour la miss ! Une cigarette, Édith ? Vous permettez que je vous appelle Édith… Vous savez, dès que je vous ai vue entrer dans le café, je n'ai plus pensé qu'à une seule chose : faire votre connaissance !

— Charlie ? S'il te plaît, tu veux passer une éponge sur ton zinc ? Y'a un branque qui vient de se lâcher ! »

Au même moment, Édith vidait le reste de sa fine sur l'entrejambe du prétentieux. L'assistance éclata de rire. Roland n'eut pas le temps de sauver son amour-propre ; Charlie se postait déjà devant lui, la flamme du Zippo à hauteur du nez.

« Du feu, camarade ? »

Roland fit un bond en arrière sous les « olé » de l'assistance. Édith s'esclaffa en le voyant s'écrouler lamentablement sur le sol.

« C'est l'automne des caves ou je ne m'y connais pas ! »

Roland se releva et surprit son monde en éclatant de rire à son tour, se moquant presque de son ridicule. Il s'épousseta : l'incident était clos. Il présenta ses excuses à Édith en lui disant, toujours aussi hilare, que cette fois-ci il prendrait bien garde de ne rien lui offrir d'autre ! Édith n'était pas dupe, mais elle accepta. Satisfait de lui-même, Roland s'en alla faire le paon à sa table et payer la tournée aux copains avant que le patron ne repointât le bout de son nez. Édith, le dos plus que jamais tourné à la salle, s'accouda à la fine que Roland lui avait commandée. Elle n'avait aucune raison de se gêner avec un malotru pareil. Charlie la servit et se crut à nouveau obligé de revenir à la charge. Elle soupira, avala une gorgée puis lui murmura :

« Mais qu'est-ce que tu me fais, ce soir, Charlie ? T'es pas bien derrière ton comptoir ? »

Il opina du bonnet et se pencha tout contre elle, pour lui baver ses mots à l'oreille :

« Écoute-moi bien, ma jolie ! Si tu crois que je n'ai pas repéré votre manège, à tous les deux. Je ne passe pas ma vie derrière le zinc, tu aurais intérêt à ne pas l'oublier. Ces gars-là, tu vois, je les renifle à mille lieues. C'est pas un genre pour toi ! L'est moisi du bulbe, l'a une araignée dans les méninges, tu peux me croire, ton Julot casse-croûte. Un jour ou l'autre, il te dira des choses qui te laisseront le cul par terre, ma fille. Et là, attention, faudra te carrer fissa ! Tu sais, un peu comme quand Jojo prenait de la mescaline et qu'il avait failli entraîner la Reine par la fenêtre… Tu t'en souviens ?

— Tu parles de qui, là ? De Jean, peut-être ? Tu serais pas un peu envieux, si tu vois ce que je veux dire ? Ah ça, c'est la meilleure ! Eh bien mon Charlie, t'es un vrai cachottier…

— Arrête, Édith, c'est pas de ça que j'te cause, bon sang ! Tu ne comprends donc pas ?

— Et toi ? Tu ne t'entends pas parler ! »

Mielleux, Charlie continua sur sa lancée :

« Ma poulette, tu devrais te ranger des voitures… Comme Monique. Au moins, elle, elle est raisonnable.

— Tu voudrais tout de même pas que je me mette à la colle par hasard ? Dis ? C'est ça que tu avais sous le chapeau avec toutes tes salades ? Non mais, je rêve ! »

La table de Roland n'avait pas dit son dernier mot. « Oh, oh, du zinc ! C'est pas un peu fini ces messes basses ! Charlie, ramène ton steak ! Ici, c'est pire que le désert de Gobi, et on n'est pas des chameaux ! »

Charlie pointa un doigt au visage d'Édith et s'exécuta, chargeant son plateau d'une carafe d'eau et d'une ronde de jaunets.

Une grande exclamation l'accueillit lorsqu'il arriva à hauteur de la tablée distribuer les pastis. Il termina par Roland. Au moment où il posait le verre devant lui, ce dernier lui saisit l'avant-bras et le força à se baisser. Il lui siffla alors méchamment quelque chose à l'oreille avant de le relâcher avec un mauvais sourire. Charlie refila vite derrière son bar en se gardant bien de répondre. Édith n'avait rien vu de la scène. Rivée à la pendule, elle commençait à se demander si Monique passerait ce soir.

Charlie s'occupa à finir sa plonge et à jouer de la lavette, nettoyant, briquant son percolateur, signe qu'il avait bien l'intention de fermer le bar rapidement sans attendre les ordres du patron.

Bientôt, il éteignit les premières lampes. Sans trop se faire tirer l'oreille, les suceurs de zinc s'en allèrent, les uns après les autres ou les uns avec les autres, c'était selon, en se promettant de s'y retrouver dès le lendemain.

« Édith, tu peux rester jusqu'à ce que je ferme les portes ? », lui demanda-t-il.

Rapidement, il ne resta plus que la tablée de Roland. Édith, les voyant toujours installés, fit un signe à Charlie.

« Ta bande de zozos, elle fait aussi l'après-fermeture ? », questionna-t-elle.

L'autre se tut et s'activa de plus belle à disposer les chaises sur les tables. Édith se trémoussa sur son tabouret. Elle n'avait nulle envie d'avoir autant de chevaliers servants tout disposés à lui proposer un bout de chemin en guise de retour. Elle se fit soudain la remarque que le taulier avait été particulièrement discret aujourd'hui. Elle ne l'avait pas vu de la soirée, hormis lors de son intervention de tout à l'heure. Il n'avait pas quitté l'arrière-salle…

« Qu'est-ce qu'il pouvait bien y faire ? Et avec qui ? Peut-être une partie de poker », songea-t-elle, bien que ce ne fût pas le genre de la maison. Ici, c'était plutôt du style roteuses à pigeons et parties de dominos.

Le temps qu'elle s'intéressât à la question, Charlie avait fini son empilage de chaises. Il s'esquiva pour revenir aussitôt, attaquant le sol à la serpillière sans que cela gênât le moins du monde Roland, solidement vissé à sa table avec ses compagnons de jeux. Édith tira une Celtique du paquet de Jean et l'alluma sans broncher, puis guigna la bande de Roland. Ce dernier s'en aperçut immédiatement et lui fit en retour un petit sourire accompagné d'un clin d'œil. Elle lui renvoya une grimace et se retourna. Imperturbable, Charlie sortit pour commencer à déplier les contrevents. « Il ne manquait plus que cela ! » s'alarma Édith. Monique et Gino allaient penser que le café était fermé. Polope pour l'escorte qui l'aurait débarrassée de Roland.

Charlie abaissa la dernière tringle et descendit à moitié le rideau de fer sur la porte d'entrée.

Bon sang, qu'est-ce qu'il attendait pour les mettre dehors, s'énerva-t-elle. « Eh, Charlie, sers-m'en une autre ! »

Charlie s'exécuta et revint la bouteille à la main. Elle l'attaqua à voix basse.

« C'est nouveau ! Tu gardes les branques après la fermeture ? Charlie, tu peux me dire ce que ces loustics attendent ?

— Comme si tu ne le savais pas ! Mais toi, tout simplement ! Ce ne sera pas la première fois que tu te feras raccompagner le soir, ma mignonne !

— T'as le béret qui flotte, ma parole ! Qu'est-ce que tu t'imagines ? Il n'en est pas question, un point c'est tout ! Et puis, je serais curieuse de savoir ce que le patron…

Il l'interrompit sèchement :

— Fais pas ta mijaurée ! T'as un bon coup à faire et tu ne seras pas perdante ! Crois-moi : Roland…

— Tais-toi, Charlie ! Ne dis plus un mot, tu me donnes… Oh, Gino ! T'étais là ? »

L'ami de Monique venait juste de sortir de l'arrière-salle, en compagnie du taulier et de deux autres hommes qu'elle voyait pour la première fois. Charlie se redressa avec l'air de quelqu'un pris en faute.

Édith lui siffla entre les dents : « Mauvaise pioche, mon vieux ! Gare à tes valseuses ! »

Le patron et ses invités, eux aussi, marquèrent un temps en s'apercevant qu'ils n'étaient pas seuls. Chacun s'observa, se jaugea, puis le taulier s'adressa à Charlie en désignant la tablée de Roland :

« Je croyais t'avoir dit : personne après la fermeture ce soir ! » puis se tournant vers Édith : « Ça ne vaut pas pour toi, bien évidemment ! »

De nouveau, il fixa son barman pour lui signifier de faire le ménage. Ce dernier fila vers la tablée et bredouilla quelques mots afin qu'ils sortissent rapidement.

Roland, retrouvant des allures de bravache, fanfaronna en se levant. Il pria Édith de les accompagner. L'arrivée du taulier ne changeait rien à l'affaire, Charlie déjà avait encaissé le généreux pourboire… Tous se retournèrent alors vers elle. Il y eut un moment de flottement. Édith chercha un soutien du regard. Gino répondit à son appel :

« Monique ne devrait plus tarder à présent. Dès qu'elle est là, on rentre ! Ça ne te gêne pas d'attendre encore un peu ?

— Bien sûr que non, Gino », lui répondit-elle en allant l'embrasser quatre fois, à la mode de chez elle.

Ce dernier s'adressa à la tablée qui se tenait en retrait :

« Désolé, la bleusaille ! Ce sera pour une autre fois ! Ailleurs qu'ici, avec quelqu'une d'autre.

— Et même plus jamais ici, intervint le taulier. Je ne veux plus vous voir dans ma carrée ! C'est compris ? On est des gens paisibles, dans l'île : on n'a pas besoin de faiseurs d'embrouille ! »

Il y eut un court silence. Le nombre étant du côté d'Édith, la bagarre s'éteignit finalement avant même d'avoir commencé. Roland entraîna ses amis avec au passage un mot à l'adresse de Charlie pour que l'amour-propre fût sauf. Charlie, blanc comme un linge, les raccompagna à la porte en faisant semblant de ne pas avoir entendu la menace de Roland. Il les fit sortir en file indienne, les forçant à se plier en quatre pour passer sous le rideau de fer qu'il n'avait pas remonté.

Un peu à l'écart, les deux hommes venus avec Gino restèrent sur une prudente réserve tout au long de la scène, qui ne les concernait pas.

Édith chargea Charlie devant son patron, en l'accusant d'avoir joué les entremetteurs de bas étage. Mais le taulier n'eut pas la réaction qu'elle escomptait : il excusa son barman en qui il avait toute confiance. Édith chercha à nouveau un soutien auprès de Gino, mais cette fois-ci, il fut de l'avis du taulier. C'était fini et l'on n'allait pas passer la nuit là-dessus !

Sur ces entrefaites, Charlie demanda s'il devait fermer complètement le rideau. Gino répondit que Monique saurait bien se signaler quand elle serait là.

« En attendant, rapplique avec une piste et sers-nous une roteuse de derrière les fagots ! »

Les deux invités s'excusèrent, ils étaient lessivés pour ce soir ! Gino les rassura en les prenant tous les deux par les épaules. Il invita Émile à jouer la bouteille sur un jet de dés. Bien qu'il soupçonnât Gino de triche, le taulier accepta de miser une « Veuve ». La soirée ne lui avait pas été trop défavorable : il avait fait presque jeu égal avec Gino sur le dos des faisans. À condition qu'ils jouent avec ses propres dés, il la voyait bien dans son tiroir-caisse, cette bouteille.

« Un jet ! C'est d'accord ! »

Charlie déposa la piste de feutrine sur la table et donna les dés à Gino. Ce dernier les fit rouler entre ses doigts et s'esclaffa.

« Voyons, Émile ! Pas de cela entre nous ! Charlie, apporte d'autres dés, et vite ! »

Émile se força à sourire et tenta le diable encore une fois.

« Apporte toute la boîte sous le comptoir et que Gino choisisse ! »

Édith fut bien la seule à ne pas quitter d'une prunelle Gino, quand tous les autres fixaient le comptoir. En un rapide tour de passe-passe, Gino substituait d'une main agile les mauvais dés d'Émile contre un jeu caché dans sa poche de gilet. C'est en toute hypocrisie qu'il demanda alors à Émile, d'une voix suave, de ne pas se vexer.

« D'accord, jouons avec ceux-là ! Évitons à Charlie de faire du zèle, veux-tu ?

— Tu ne sais pas ce que tu veux, l'ami, mais bon ! On fait comme tu décides ! Je ne peux pas mieux te dire ! »

Émile salivait à l'avance du bon tour qu'il était en train de lui mijoter. Quant à l'autre, il jubilait intérieurement : « Malin, malin à demi seulement, mon vieux ! » Ça ne ratait jamais, la ruse de l'échange !

Charlie et Édith s'installèrent à gauche de la table, les deux hommes à droite, Émile et Gino se mirent côte à côte, au-dessus de la piste. L'un des lessivés proposa de tirer au sort le premier jeteur. Il sortit une pièce et demanda que l'on choisît pile ou face. Gino ironisa en proposant, pourquoi pas, de tirer aussi au sort celui qui déciderait pile ou face ! Cela suffisait, Émile n'avait qu'à lancer le premier. C'était bien des salades pour une bouteille !

Édith, à ce moment-là, se décala de Charlie et lança une œillade à Gino qui fronça les sourcils. Elle n'avait pas les yeux dans sa poche, la guêpe, se dit-il quelque peu agacé. Savait-elle aussi garder sa langue ?

Émile eut brusquement un instant d'hésitation. Quelque chose lui avait-il échappé ? Il interrogea discrètement Charlie qui lui répondit par un haussement de sourcils. De toute façon, il ne pouvait plus reculer.

Il chauffa les dés en les faisant rouler entre ses doigts, puis il les enferma au creux de sa paume, forma une conque sur laquelle il souffla à plusieurs reprises. Il était prêt ! D'un mouvement ample du bras suivi d'un geste tout en souplesse du poignet, il libéra les dés qui roulèrent sur la piste pour en heurter vivement les rebords, ricocher, sauter en l'air puis retomber en cascade. Après un dernier roulis, les trois cubes s'immobilisèrent presque simultanément. Tout le monde se pencha comme un seul homme au-dessus de la piste.

« Eh pan ! Deux as, six ! s'exclama Charlie. Joli coup, Patron ! »

« Le bougre ! » maugréa intérieurement Gino.

Il avait failli se faire prendre avec ses propres dés. Cet Émile était un redoutable lanceur ! De son côté, Émile eut du mal à masquer sa surprise en voyant le résultat de son jet : deux as, six. C'était impossible avec le jeu pipé qu'il avait en main ! Quelque chose lui avait vraiment échappé ! Il lorgna Gino.

Ce dernier, après avoir félicité, sans plus, son adversaire, chauffa à son tour les dés à sa manière en les cognant sur le rebord de la piste plusieurs fois. On retint son souffle. Le jet fut plus court, plus sec. Les dés frappèrent à nouveau la bordure en montant cette fois-ci plus haut en l'air, sans pourtant s'entrechoquer à aucun moment, même lorsqu'ils retombèrent dans le cercle de feutrine. Les dés roulèrent en longeant la bordure de la piste jusqu'à stopper leur course. Ce fut la stupeur générale : trois as !

Charlie ne put s'empêcher de répéter à voix basse : « C'est pas possible, c'est pas possible, y'a un truc ! »

Émile explosa immédiatement à l'adresse de son barman :

« Bien sûr, qu'il y a un truc ! Ramasse les dés et donne-les-moi ! »

Gino fut le plus prompt. Il balaya vivement la piste au nez et à la barbe de tous et, un tantinet moqueur, rendit les dés à Émile en renouvelant son tour de passe-passe.

« Fais pas cette tronche-là, on a l'impression que t'as avalé ton mouchoir ! Ce n'est qu'une bouteille ! Charlie, tu nous le fais péter, ce bouchon ? »

Émile se refusait toujours à croire à l'impossible ; il retourna les dés en tous sens sans y voir autre chose que les marques qu'il connaissait bien. C'était à n'y rien comprendre. Il scruta en vain les visages à la ronde pour y trouver un début d'explication : les deux lessivés n'avaient rien à y redire. Les lancés, selon eux, avaient été corrects, bien dans la piste.

« Et toi Édith, s'acharna-t-il sous les rires de Gino, tu n'as rien vu de louche ? J'parie qu'il a changé les dés ! Mais oui, c'est ça !

— Tse tse ! Émile, tu vas trop loin ! J'pourrais me vexer ! Attention ! Allons... Buvons une coupe ! Ces messieurs t'ont largement payé ce soir ; que diable, sois bon prince ! »

Émile fit la sourde oreille, refusant de s'être fait avoir comme un débutant.

Avant que l'atmosphère ne devînt trop lourde, Édith s'avança alors vers lui, se pendit à son cou et lui donna par surprise un fougueux baiser : c'était son prix de consolation ! L'un des deux lessivés réclama aussitôt, sur le ton de la plaisanterie, de recevoir aussi son prix, eu égard à ce qu'il avait laissé ce soir sur le tapis ! Tous se mirent à rire en se jetant sur elle, la bouche avide. Elle poussa de petits cris hilares et fila se réfugier derrière le comptoir, bien décidée à défendre sa position à l'aide du balai et de la serpillière. Personne ne songea à lui contester la place forte.

Charlie, la mine réjouie, retira le muselet et fit enfin sauter le bouchon de champagne sous une exclamation générale ; Édith pria qu'on ne l'oublie pas. Si Émile trinqua de bon cœur avec Gino, il se crut toutefois obligé de revenir à la charge : sans rancune, mais l'autre l'avait bien blousé !

« Pas vrai, hein ? Tu peux me le dire maintenant !

— Toi, lui répondit-il avec un large sourire, t'aurais jamais chercher à m'avoir, n'est-ce pas ? Tu ne m'aurais jamais refilé des dés pipés, hein, mon vieux ?

— J'en étais sûr, espèce de... »

Il étouffa les mots dans sa gorge, Gino venait de le taper amicalement dans le dos. Émile le ceintura gentiment en retour et lui murmura à l'oreille qu'il espérait bien qu'ils feraient part à deux la prochaine fois que les deux pigeons reviendraient. Gino éclata de rire et réclama sur-le-champ une deuxième bouteille.

On frappa à la porte. Charlie alla ouvrir. Monique se faufila à l'intérieur.

« Vous en faites un ces baroufs ! Oh, oh ! Qu'est-ce qu'on fête ce soir ? »

Lorsqu'elle aperçut sa copine, elle lui lança :

« Salut, poulette. Jean n'est pas avec toi ? »

Elle ne l'entendit pas. Un « pop » sonore se fit entendre, Charlie ouvrait l'autre bouteille. Édith quitta son camp retranché et vint se joindre aux coupes avides qui se tendaient. Bientôt, les gosiers réclamèrent une autre coupe. Émile refusa tout de go. À présent que Monique était arrivée, il était grand temps de mettre la viande dans le torchon ! Le bar était fermé ! Les deux lessivés furent les premiers à jouer des lombaires et à quitter le café de l'île. Ce fut alors au tour de Gino, suivi de Monique et d'Édith. Lorsque le rideau de fer tomba derrière eux, ils entendirent Émile qui entamait la sérénade à Charlie à propos de ce qui s'était passé avec Roland et du reste.

« Pauvre Charlie, la soirée ne fait que commencer pour lui… dit Monique.

— Quand on joue à l'imbécile, on n'a que ce qu'on mérite ! rétorqua Édith. Cet abruti a essayé de me fourguer à une bande de caves. Je ne suis pas une coopérative, si tu vois ce que je veux dire !

— Léo ? Cela m'étonne de lui, quand même ! Et qu'il soit venu avec ses potes…

— Comment ça ? J'te parle pas de Léo mais d'un certain Roland ! Et puis d'abord, comment t'es au courant pour Léo ? T'es de mèche avec Charlie ?

— C'est pas fini de vous chamailler, les filles ! » Gino n'eut pas le temps de terminer sa phrase. Planté devant sa Buick, il s'écria : « Les empaffés ! Ils m'ont flingué les pneus ! »

Le pied rageur, il tapa sur la gomme aplatie. Édith se serra un peu plus contre Monique et lui souffla que cela devait être un cadeau de Roland.

« La paix, les filles ! » Gino défourailla et, dans une volte-face, scruta la pénombre. Édith faillit s'étrangler en voyant l'arme.

« Tu parles d'une soirée ! », songea-t-elle en accusant Jean de tous ses maux. Tout cela ne lui serait jamais arrivé s'il avait mis de côté son orgueil et fait demi-tour !

Gino tranquillisa son monde, il n'y avait personne aux alentours. Roland s'était contenté, en quelque sorte, de crever deux roues. Juste de quoi les planter tous les trois dans ce coin désert au beau milieu de la nuit. Ils allaient en être quittes pour une bonne marche. Monique regretta d'avoir abandonné le taxi qui l'avait amenée. Gino les assura que ce serait bien le diable s'ils n'en trouvaient pas un en maraude. « On n'est quand même pas au bout du monde ! »

Édith demanda à passer la nuit chez Monique. Elle n'avait nulle envie de se faire réveiller par Roland ou ses copains. Monique pressa le bras de Gino et lui murmura qu'il n'aurait qu'à installer un matelas. Pour une nuit, ce n'était pas la mer à boire ! « Non, pas la mer, répliqua Gino agacé peut-être plus par sa voiture que par ce nouvel imprévu. Pas la mer, seulement le reste de notre nuit…

— Oh, ne sois pas bégueule, *amore mio* !

Monique se fit câline :

— On n'aura qu'à tirer un peu les meubles. »

Dans un soupir, elle lui murmura d'excitantes promesses. Édith – en les observant comploter à voix basse – commença à se demander si c'était une bonne idée que de leur imposer sa présence et, dans la foulée, elle s'interrogea sur leur projet de s'installer au soleil, qui était en train de prendre une drôle de tournure à voir Monique en pincer autant pour Gino.

« Tu peux toujours causer quand on te regarde avec Jean ! Tu vas peut-être dire que ce n'est pas la même chose ? Non : je l'aime mais il faut qu'on se sépare ! C'est comique à en pleurer, une liaison qui n'en finit pas de s'effilocher et de se recoudre sans tissu, ni fil ni aiguille ! »

« Tu parles toute seule maintenant ? J'te jure, tu n'as qu'à demander à Gino. Faut voir ta mine, ma chérie ! La fine et le champ, cela ne fait pas bon ménage !

— En tout cas, vous deux, vous faites un drôle de tandem !

Édith se mordit les lèvres :

— Excuse-moi, Mo ! Je n'ai rien dit ! Je ne veux pas vous embêter ce soir. Vous n'avez qu'à me faire un brin d'escorte jusqu'à la maison. Je me suis mis martel en tête pour rien avec ce Roland. »

Gino allait accepter quand il vit Monique lui faire non de ma tête.

« Pas question ! Tu passes la nuit avec nous chez Mo. Demain sera un autre jour, on verra pour la suite. Allez zou, les filles ! On y va ! Il n'y a plus rien à voir, ici ! »

Monique lui souffla un baiser avant de prendre le bras d'Édith et de l'entraîner en même temps que Gino.

Gino, Monique et Édith remontèrent l'avenue Pierre-Grenier vers le cimetière de Boulogne-Billancourt, jusqu'au domicile de Monique. Là, il fallait d'abord passer sous le porche d'une grande bâtisse pour accéder à une cour où se cachait frileusement, tout en longueur, un bâtiment de deux étages desservis par une coursive.

Elle louait un appartement au rez-de-chaussée, à l'extrémité du bloc, avec vue imprenable sur un terrain vague clos d'une palissade éventrée un peu partout. C'était devenu un dépotoir où tout un chacun venait jeter ses rebuts dans une verdure sauvage d'herbes folles, d'orties, de sureaux mêlés aux acacias, accrochés aux monticules de gravats. C'était aussi le territoire d'une colonie nombreuse de chats errants qui, à la saison, *insomniaient* tout le voisinage. Les premiers temps, Monique avait cauchemardé des nuits entières en entendant ces cris horribles d'égorgés vifs. Pour autant, elle n'avait pas déménagé. Le temps passant, elle avait fini par s'y habituer, comme on croit s'habituer à tout, avant qu'un jour elle ne rêvât de s'installer au soleil.

Édith aussi avait trouvé un certain charme à l'endroit lorsqu'elle y était venue la première fois. Il en était pour les lieux comme pour les personnes : il arrivait qu'on eût l'impression de les avoir toujours connus, sans qu'il y eût jamais un début à la conscience du sentiment. Ainsi ressentait-elle, chaque fois qu'elle rendait visite à Monique, un petit quelque chose, un je-ne-sais-quoi qui, tout à la fois, la ravissait et la troublait.

En ces heures matinales, en passant le porche en compagnie de Gino dans le silence du dernier sommeil avant l'aurore, la pensée de Jean lui éclaboussa l'esprit et les sens ; elle éteignit ses pupilles, regrettant qu'à cette seconde il ne fût pas là pour partager les secrets de son âme. Monique se retourna vers elle juste à ce moment-là et, intriguée, lui demanda si quelque chose n'allait pas. Édith répondit non avec un petit sourire qui eut plus le don d'inquiéter que de rassurer. Monique fit presser le pas, il était grand temps de se mettre au chaud. Avant de refermer la porte de l'appartement derrière eux, elle scruta autour d'elle sans apercevoir quoi que ce soit d'inhabituel. Par cette brouillasse glaciale, même les chats s'étaient fourrés au sec.

« Mais qu'est-ce que tu attends, Mo. Ferme la porte, il fait un froid de canard !

— Oui, juste une seconde, le temps de vérifier... »

Gino l'interrompit :

« Laisse tomber ! Personne ne nous a suivis, au cas où tu t'inquiéterais.

— Édith n'a pas l'air de cet avis !

— Non, non ! répliqua-t-elle. Non, c'est tout autre chose !

— Quelle autre chose ? lui lança-t-elle, excédée.

— Pas maintenant, s'il te plaît ! dit-elle en renouvelant ses mimiques pour signifier à Monique qu'elles se parleraient plus tard.

— Bon, en attendant, qui veut de la tisane ? »

Gino faillit s'étrangler rien qu'en entendant le mot. Les deux femmes filèrent dans la cuisine préparer leur infusion de tilleul. Gino mit son pardessus et annonça à la cantonade qu'il descendait passer un coup de fil à la cabine puisqu'il n'y avait toujours pas le téléphone dans l'appartement.

Monique bougonna dans son dos que les poules auraient le temps d'avoir des dents avant que les postes et télécommunications ne l'installent dans le bâtiment. Pourquoi le feraient-ils : il y avait une cabine à cinq minutes à pied ! Gino lui suggéra, une fois encore, de déménager pour un quartier mieux équipé et claqua la porte derrière lui. Monique afficha une vilaine moue, tout en haussant les épaules. Le téléphone, ce serait pour plus tard, quand elle serait loin d'ici...

Pour l'heure, elle proposa à Édith de l'aider à faire de la place pour mettre au sol le matelas de son lit. La jeune femme protesta : un fauteuil lui serait bien suffisant. Son amie s'entêta en lui disant gentiment que c'était à elle de diriger sa maison. En représailles amicales, Édith s'empara d'un coussin qu'elle jeta vigoureusement sur Monique.

Monique et Édith se fourrèrent ensemble sous les draps dans le lit improvisé. Le cendrier posé entre elles sur la couverture, à portée de main, elles sirotèrent leur bol de tisane dans la pénombre de la pièce éclairée au bougeoir.

« Tu ne crois pas que Gino va se fâcher de nous voir ensemble au lit à papoter ? Je vous impose déjà ma présence…

— T'inquiète, ma poulette. D'ailleurs, si ça se trouve, je ne suis pas près de le revoir de la nuit, le Gino. Ce ne serait pas la première fois qu'il me la fait. “Je pars téléphoner”, pour lui, ça veut dire : je ne sais pas quand je rentre et moins tu en sais et mieux ce sera pour toi…

— Eh bien ma vieille, faut croire que ton châssis n'est pas de taille ! éclata de rire Édith.

— Gino, quoi que tu en penses, au moins il est présent quand il faut ! Et puis, lui, il n'a pas d'état d'âme. Il ne fait pas mystère sur ce qu'il est !

— Ah bon ! Tu sais tout de lui, ma chérie ? Allons donc ! Mais, de toute façon, cela ne change rien à la question !

— Oh, je sais bien où tu veux en venir… Bon, parlons-en ! »

Édith songea à cet instant qu'effectivement, il était temps qu'elles se parlent sans détours de leurs projets et de la place qu'elles y envisageaient respectivement pour Gino et Jean. Après ? Qu'en serait-il de leur soleil ? Seraient-elles encore des amies, des sœurs ? Monique dut se poser les mêmes questions au même instant car un silence s'installa entre les deux femmes ; un drôle de silence où chacune commença à parler à l'autre en pensée comme si elles avaient craint de se dire les premiers mots de vive voix.

Édith fut la première à rompre ces secondes particulières. Elle piqua l'ultime cigarette du paquet de Jean, l'alluma, inspira à pleins poumons la première bouffée et la souffla lentement pour en apprécier la saveur jusqu'à la dernière extrémité. Puis, elle la posa sur le rebord du cendrier ; un léger filet bleuté s'échappa de son bout rougeoyant.

« Édith ! Comment peux-tu fumer des Celtiques ! Un foin pareil ! Pourquoi pas des Gitanes maïs pendant que tu y es ?

— Mais non, ce sont celles de Jean ! Mais je ne vois pas trop la différence avec les Disques Bleus que je prends habituellement. Le tabac est peut-être un peu plus serré, pour le reste… Je te rassure : je n'ai pas l'intention de continuer. Et toi ? Je vois que tu fais des extras !

Elle saisit le paquet de Monique :

— Des américaines ! C'est nouveau, ça ! Toi aussi, tu changes ? Je dois prendre cela comment ?

— Ne me raconte pas de bêtises, tu veux ? Cela fait un bout de temps que je t'ai dit que je voulais changer… »

Elle s'interrompit. Ce n'était pas cela qu'elle essayait d'avouer. Elle sentit la gêne l'envahir. Édith se tourna vers elle et la fixa intensément. Monique fit effort sur elle-même pour afficher en retour son sourire le plus anodin. Édith ne se laissa pas abuser. Monique avait-elle tourné casaque ou bien était-elle sur le point de le faire ? Elle devait le lui faire dire et lui donner à croire que c'était bien elle qui portait le poids de l'abandon de leur projet.

Édith remonta son oreiller, se cala le dos et tira sur sa cigarette une longue bouffée ; Monique restait silencieuse. Visiblement, elle aussi souhaitait ne pas avoir à commencer. Gino ne revenait toujours pas. La pluie redoubla. À nouveau, Édith rompit la première. Elle écrasa son mégot et, légèrement agacée, demanda :

« Bon, qu'est-ce qu'on fait, Monique ? Tu ne crois pas qu'on devrait profiter de l'absence de Gino pour parler toutes les deux à cœur ouvert ? »

Monique soupira avant de concéder :

« Oui, ma Choupinette ! »

Les deux femmes s'étreignirent alors.

« C'est toi qui commences ! proposa Monique.

— Tu ne perds pas le nord, dis donc ! Toi d'abord ! »

Monique patienta encore un peu avant de se lancer. Par où commencer ? Comment présenter les choses pour qu'Édith n'y vît l'ombre d'une trahison ? Elle tapota le dessus-de-lit qui les couvrait toutes les deux, rapprocha le cendrier, alluma à son tour une de ses américaines.

« Je ne sais pas comment t'expliquer les choses… – elle marqua une pause – Je ne veux pas te faire de peine… Ah zut ! Comment je pourrais te dire ça !

— Tout simplement en ne tournant pas autour du pot, ma belle !

— Ben voilà ! Je vais me mettre à la colle avec Gino. Ce n'est pas facile pour lui en ce moment et il a besoin de moi. Et moi, vois-tu, je crois bien que j'ai besoin de lui ! Ça ne se commande pas, ces choses-là ! Ce n'est pas à toi que je vais l'apprendre, hein ?

— Naturellement, il t'a dit qu'il t'aimait et tu l'as cru, je suppose !

— C'est ça que je venais lui dire ce soir au café ! Si tu n'avais pas été là…

Édith la coupa et, railleuse, elle lui lança :

— Parce qu'en plus le pauvre petit chéri t'avait donné, en quelque sorte, un ultimatum !

— Tais-toi, idiote ! Tu ne comprends pas ! Et puis d'abord, si on causait un peu de ton homme ! Tu vas peut-être me dire que ce n'est pas pareil et que cela n'aurait changé en rien nos projets de départ ?

— Ma petite, tu ne crois pas si bien dire. Je… »

Édith se mordit les lèvres avant d'aller trop loin. Mo non plus, finalement, ne pourrait pas comprendre ce qui lui arrivait avec Jean.

— À quoi tu penses, Édith ? Encore une fois, tu ne finis pas tes phrases. Qu'est-ce qui peut bien y avoir dans ta petite caboche ? »

À ces mots, Monique pointa à plusieurs reprises le front d'Édith qui balaya du revers de la manche l'index qui la martelait gentiment.

« Adieu la nouvelle vie au soleil, n'est-ce pas ?

— Disons que pour le moment, j'ai mon soleil ici… Ne m'en veux pas, s'il te plaît. Pour l'argent, heu, ça te fâche si…

— Si on sépare les comptes ? Eh bien, ma petite Mo, tu as les pieds sur terre. Ton Gino a des frais sur sa caisse ? – Elle se reprit aussitôt d'un éclat de rire – Mais non, je plaisante ! C'est l'Amour, un point c'est tout !

— Toi quand tu déballes, tu ne fais pas dans le demi-gros !

Édith continua de pouffer.

— Non, je fais dans le Jean de la lune, qui rit qui pleure, qui vit qui meurt… »

Monique poussa un petit cri de stupeur. Édith n'en avait pas fini avec Jean.

— Qu'est-ce qui te prend Édith ? Ça ne va pas de raconter des trucs pareils !

— Non, laisse tomber, je dis n'importe quoi ! C'est OK pour Gino.

— Je te remercie de me donner ta bénédiction, ma chérie. On aura tout vu ! Elle vous dit cela avec des airs de "j'm'en vais de ce pas à confesse" qui me défrise la permanente !

— Ce que tu peux être susceptible, ma vieille ! »

Monique reprit la balle au bond, jouant l'air des fâchées.

« Ma vieille, maintenant ! Tu ne crois pas que tu la bâilles un peu sèche ? »

Monique détourna le visage pour ne pas afficher son sourire. Leur dispute feinte dura encore un bon moment : le temps qu'elles finissent par éclater d'un rire inextinguible à chacune de leurs fausses prises de mouche. Elles continuèrent ainsi à se chahuter jusqu'à ce que le souffle vînt à leur manquer. Elles roulèrent sur le côté, dos à dos pour ne pas s'esclaffer de nouveau au premier regard.

Enfin, elles restèrent silencieuses de longues minutes avant qu'Édith, la cigarette aux lèvres, ne s'étonnât de la durée de l'absence de Gino.

« Si tu connaissais Gino… acquiesça Monique.

— Donc, il ne va pas revenir cette nuit ?

— Ben non ! Sinon tu aurais déjà vu son museau !

— Et bien, dis-moi ! On a de la chance toutes les deux, avec nos bonshommes, tu ne trouves pas ?

— Tu vois ma douce, comment veux-tu que nous partions ensemble au soleil ? L'heure du départ n'a pas sonné qu'on trouve le moyen d'avoir des bagages encore plus lourds qu'avant !

— Je ne trouve pas.

— Tu rigoles ! Tu nous vois, tous les quatre, descendre là-bas !

— Pourquoi pas ? »

VII

Après une ultime cigarette, les deux femmes s'étaient ensommeillées. La bougie sur le chandelier s'était consumée jusqu'à laisser mourir, après de nombreux soubresauts, une petite flamme bleue au cœur d'or. Le souffle paisible des respirations avait empli la pièce et chargé les carreaux de buée. Édith et Monique s'en étaient allées vagabonder au gré de leurs rêves : s'étaient-elles retrouvées sur la Riviera ? Avaient-elles accompli le chemin avec l'homme de leur cœur ? Qui sait ? S'en souviendraient-elles au matin dans la chaleur humide du petit appartement de Boulogne ? Se confieraient-elles l'une à l'autre les secrets de cette nuit ?

Après de trop courtes heures, les nuages troquèrent peu à peu dans le ciel la noirceur nocturne contre une grisaille matinale, brumeuse et pluvieuse. Les rideaux tirés sur cette clarté rechignant à se faire jour protégèrent encore quelques instants la torpeur des deux jeunes femmes. Un chat téméraire miaula sous les gouttes fraîches à quelques pas de la coursive. La poitrine d'Édith se souleva brusquement dans un soupir plus profond ; les lèvres parcourues d'un frémissement à peine visible, sa gorge exhala un doux gémissement.

Le vent se leva, agitant les branches frileuses derrière la palissade. Ce serait bientôt le temps des réveils sonnant, des pendules carillonnant, des coucous chantant, du café fumant et du transistor nasillant. Les lumières s'allumeraient une à une, la vie se répandrait sous peu par tous les pores de la ville et de sa banlieue. Pour l'heure, Monique est encore loin du rivage, Édith aussi. Toutes les deux gourmandent les derniers instants d'un temps qui ne sera plus jamais. Qu'en sera-t-il : espérances ou regrets ?

Les minutes se sont écoulées trop vite, les rêves se sont envolés dans l'attente de la nuit prochaine. Monique s'est levée la première. Elle s'est glissée doucement hors des draps pour ne pas perturber le sommeil d'Édith, qui se retourne et prend instinctivement possession de la place libérée en étendant ses jambes. L'esprit encore embrumé, presque à tâtons, Monique s'installe dans la cuisine, ferme la porte et – comme chaque matin, toujours dans le noir – procède au rituel de son éveil : le café.

Elle verse le breuvage bouillant dans un grand bol, hume les arômes arabica, boit une gorgée, allume sa première cigarette, sent ses narines picoter au fil de la fumée et dans le calme, enfin, émerge lentement. Il lui faudra une seconde cigarette au-dessus d'un bol vide pour définitivement renaître au monde du jour. Maintenant, elle peut allumer la suspension au bout de sa gaine tressée. Une clarté blafarde inonde la pièce, il n'est définitivement plus l'heure de dormir pour aujourd'hui.

On gratte à la porte, elle sourit. Édith a fini par se réveiller et comme elle, somnambule, elle s'est coulée hors du lit. Attirée par les senteurs Mokarex, elle est venue chercher son éveil parfumé. Elle pousse la porte comme un zombie, murmure une réponse inaudible à un enjoué « Bonjour Poulette ! » et s'affale sur une chaise avant de s'accrocher à un bol aperçu entre ses paupières mi-closes. Monique s'empare de la cafetière fleurie et lui verse le liquide revitalisant. Édith, à son tour, se délecte du breuvage mais refuse le paquet de cigarettes à portée de doigts ; il est encore trop tôt pour son envie. Plus tard, lorsque la matinée sera sur le point de s'achever, elle cédera à la tentation, enflammera sa première tige de la journée avec généralement le même désagrément : un léger tournis, accompagné d'un petit vrombissement dans la tête, comme si tous les vaisseaux de son cerveau tremblaient. Puis le malaise s'estompera et à nouveau, elle pourra plonger dans le délice mortel de la nicotine.

Elles étaient là, assises l'une en face l'autre, s'observant, se détaillant avec complicité et tendresse. Ce n'était pas la première fois qu'elles dormaient ensemble, ce n'était pas la première fois qu'elles petit-déjeunaient ensemble, pourtant c'était la première fois qu'un silence matinal s'installait entre elles : un silence inhabituel, voluptueux. Elles ressentirent alors au même instant un frisson qui les troubla, mais le charme s'estompa aussi vite qu'il était apparu. Édith se mit à bailler, ébouriffa sa chevelure ; Monique se leva et débarrassa la table.

« Plus de café ?

— Non merci ! Dis-moi, tu crois que Gino viendra ce matin ?

— Pourquoi ? Tu veux te recoucher ? Prends le lit, si tu veux ! »

Monique se pinça immédiatement les lèvres. Rougissante, elle se reprit maladroitement.

« De toute façon, moi, j'ai à faire ce matin ! »

Édith éclata de rire. Monique s'esclaffa à son tour.

« Gino fait ce qu'il veut, je te l'ai déjà dit. Je suis sûre qu'il sera passé au café de l'île, chez Émile. On peut se retrouver là-bas ce soir, qu'est-ce que tu en penses ? À moins que tu n'aies à faire avec Jean ? Ah, celui-là, c'est un cas ! Enfin bon, on ne va pas recommencer la discussion d'hier. »

Elle s'interrompit brusquement, on venait de frapper à la porte.

« Gino ? » Monique fit non de la tête. « Tu attends quelqu'un ? » Monique fit encore non. On s'impatienta à la porte. Finalement, ce fut Édith qui se décida et alla ouvrir.

« Charlie !

— Qui c'est ? demanda Monique qui était restée dans la cuisine.

— C'est Charlie ! », répondit-elle en le priant d'entrer se mettre au sec.

Monique se pointa cigarette au bec. Charlie lui annonça sans autres explications que Gino s'était fait *enchrister* au petit matin à la colline de Meudon. Que lui était-il arrivé au juste ? Charlie marqua une hésitation. Monique le pressa. Il susurra alors, l'air mièvre, que, tricard avec son pedigree, la perspective d'un séjour prolongé en maison d'arrêt lui pendait au nez.

Monique fanfaronna en lui crachant au visage que Gino avait suffisamment de relations pour se tirer tout seul du pétrin…

Quand il eut refermé la porte derrière lui, les deux femmes s'observèrent un long moment, puis Édith subitement demanda :

« Mo ! Si on partait maintenant ? On plaque tout, on se tire d'ici et à Dieu vat ! »

Édith libéra ses mots comme ils venaient : c'était maintenant ou jamais qu'il fallait partir, tout abandonner pour – non pas tout recommencer – mais commencer quelque chose de nouveau. Sinon, il y aurait toujours un grain de sable qui les clouerait sur place. Il y aurait toujours un Jean ou un Gino pour les retenir par le cœur ou le désir, contre leur volonté.

« Tu es complètement folle ! Qu'est-ce qui te prend ? Trahir Gino ? Mais tu n'y penses pas ! Je n'ai pas envie de passer ma vie à fuir !

— Tu vois, c'est exactement ce que je disais. Reste ici, ma chérie, et je peux te garantir que si ton Gino a de sérieux ennuis, tu ne vas pas tarder à voir rappliquer des cousins à la mode spaghetti. Et même des Charlie de bonne volonté…

— Tu peux parler ! Toi, tu as ton Jean !

— Justement : pour moi, c'est parfaitement clair. Je pars avec ou sans lui. Je préfère être malheureuse un temps là-bas. En fait, plus j'y pense, plus je suis sûre que je ne serai pas malheureuse, et toi non plus d'ailleurs. Tu veux que je te dise ? C'est la trouille de sauter le pas qui nous en a fait pincer pour le premier venu. Ainsi, nous avions l'une comme l'autre une bonne raison de dire que ce départ est folie. Reconnais-le, Mo ! On est trop bonnes, toutes les deux. Allez Mo ! Je t'en prie, on peut réussir ! Il faut partir coûte que coûte aujourd'hui ! Juste une valise ! On plaque tout et on s'en va ! »

Édith fit une pause. Elle avait besoin de calmer l'excitation qui s'était emparée d'elle. Monique ne l'écoutait plus, appelant de toutes ses pensées le retour de Gino. Édith chercha un dernier argument qui emportât son adhésion, mais la déraison de l'amour bataillait ferme. Une minute, elle crut pouvoir faire pencher la décision en sa faveur. Une minute, le temps de s'étonner elle-même de la force soudaine qui l'animait et de comprendre que le refus de Monique était le dernier obstacle à franchir si elle ambitionnait vraiment cette nouvelle vie. Oui, se convainquit-elle, il valait presque mieux que Monique ne vînt pas. Elle savait maintenant qu'elle était suffisamment forte pour s'en aller seule et qu'elle réussirait son nouveau départ contre vents et marées. Le succès était au bout de sa route, pour peu qu'elle franchît la ligne de non-retour.

« Voilà ce que je te propose, Mo : je m'en vais maintenant, je te laisse la journée ou presque pour te décider.

Si cet après-midi, à cinq heures au plus tard, tu n'es pas chez moi, je pars seule ! »

Monique eut un petit sourire et pria le ciel que Gino fût là pour lui éviter d'avoir à choisir l'une ou l'autre des incertitudes, celles des regrets, ou celles des espérances. Il n'y avait plus rien à ajouter pour l'instant. Les deux femmes se séparèrent presque comme un jour ordinaire.

Dans la rue, Édith marcha d'un bon pas sans se retourner. Un peu plus loin, elle aperçut un taxi qui déposait un client. Elle lui fit signe et se précipita vers lui. À peine s'engouffra-t-elle à l'intérieur qu'elle commença à le regretter. La circulation, déjà dense à cette heure-là, empira à l'occasion de la manœuvre et du déchargement d'une semi-remorque venue livrer des matériaux de construction pour un chantier. Le taxi fut bloqué durant de longues minutes avant de pouvoir se dégager, mètre après mètre, jusqu'à la Seine. Il fallut encore une bonne dose de patience pour arriver à traverser l'enchevêtrement des voitures, pare-chocs contre pare-chocs, qui congestionnait le carrefour devant le pont de Billancourt. Enfin, le taxi réussit à se faufiler et amener Édith sur l'île Saint-Germain. Elle se fit débarquer un peu avant le café.

Elle passa devant les baies de l'estaminet et guigna la salle. Émile était derrière son zinc, jacassant avec des piliers de comptoir. La porte sur rue de l'immeuble au rez-de-chaussée duquel se trouvait le café d'Émile était ouverte. Elle entra et fila dans les étages jusqu'au grenier où, savait-elle, Charlie avait sa chambre. Chacun son tour pour les visites au débotté, songea-t-elle en tapotant l'huis de son index replié. Le silence répondit à ce premier appel.

« Ma parole, tu roupilles, Charlie ! » dit-elle à voix haute en frappant maintenant la cloison avec la base du poing fermé. Charlie se fit tirer encore un peu l'oreille avant d'ouvrir sa porte. Il devait remplacer Émile toute l'après-midi et n'avait que peu de repos d'ici là.

« On a à causer, tous les deux, et on n'a pas beaucoup de temps.

— Si tu veux porter le pantalon avec moi, t'es mal tombée, la belle !

— Pas si mal tombée que ça, Charlie, si tu as un brin de jugeote ! »

En cette fin de matinée, alors que Monique tournait en rond dans son appartement à ne pas savoir que faire en attendant Gino, Édith mettait en œuvre la première partie de son plan : faire parler Charlie en lui donnant à bon compte un large avant-goût de ses envies la concernant. Il répondit à toutes ses questions et plus encore, en échange de promesses qui ne seraient jamais rien de plus que des promesses ; mais Charlie désirait trop y croire, avait trop besoin d'y croire pour ne pas s'y laisser prendre. Il était temps que la roue tourne et qu'il puisse, lui aussi, avoir quelques miettes du gâteau de la vie des autres. Finalement, ce n'était pas si compliqué de jouer double, voire triple jeu. Il allait donc, le croyait-il bien, avec l'aide d'Édith, blouser toute la compagnie : Émile, Gino, Léo, Roland et consorts…

Charlie redescendit au bar tandis qu'Édith filait discrètement chez elle faire une courte halte. Non pas qu'elle espérât y trouver Monique : c'était encore beaucoup trop tôt, elle attendrait jusqu'à la dernière limite le retour de Gino avant de franchir le pas ; mais après sa visite à Charlie, elle éprouvait le sentiment d'être une salisson. Il lui fallait changer ses vêtements, asperger son corps d'eau bouillante pour effacer la moindre trace qui lui rappelât avec dégoût le prix qu'elle avait offert.

Devant chez elle, elle eut la surprise de trouver Jean qui arrivait à sa rencontre. C'était bien la dernière personne qu'elle s'attendait à avoir dans les pattes à cet instant. Elle le salua fraîchement mais cela n'eut pas l'air de le fâcher. Il voulut la prendre dans ses bras et l'embrasser : elle détourna son visage pour lui refuser ses lèvres. Il fit semblant d'insister, puis afficha un large sourire.

« Qu'est-ce qu'il y a de drôle ? Y'a vraiment pas de quoi rire !

— Je ne ris pas ! Je souris, je te souris ! Voilà ma douce ! Cela ne fait pas trente secondes que je te retrouve et déjà un premier mensonge entre nous ! Je souris, et plus tristement encore que tu ne te l'imagines. Vois-tu, c'est que je venais à ces retrouvailles en imaginant que tu te pendrais à mon cou. Je t'aurais alors raconté le réveil avec Marinette. Mais non, je dis n'importe quoi ! La vérité, c'est que j'avais envie de faire l'amour une dernière fois avec toi avant de t'annoncer que c'était fini. Oui, je venais avec l'affreuse idée de te faire souffrir pour tenter d'enfin éveiller mon cœur. Mais c'est toi, hélas, qui me repousses. Et à vrai dire, je crois que je m'en fiche, hormis le désir que j'ai de toi, la belle… Pourtant, je ne peux t'avouer ce qui est en moi. Et toi ! Oui, toi qui me tournes le dos dans un haussement d'épaules… S'il te plaît, regarde-moi avec d'autres yeux, des yeux qui enfin me délivrent !

— Mon pauvre Jean ! Jean de la lune !

— Hein ? Qu'est-ce que tu dis ? Jean de la lune ?

— Jean de la lune, Jean qui ne peut pas comprendre. Tu ne m'écoutes pas ! D'ailleurs, tu n'écoutes personne, il n'y a que toi. Tu débarques comme ça, tu me tombes dessus à l'improviste, mais qu'est-ce que tu t'imagines ? Je te parle et toi, hein, est-ce que tu t'es déjà posé seulement une question à mon sujet ? Qu'est-ce que tu sais de ma vie ? Rien ! C'est bien ce que je dis ! Il n'y a que toi ! Que toi et personne d'autre !

— Mais si ! Je vois une très jolie personne, adorable de courroux !

— Arrête ton char ! Qu'est-ce qui te prend de me parler comme ça ?

— Ma douce ! On ne va pas continuer à se chamailler dehors, rentrons, veux-tu !

— Pourquoi ? Ta femme t'a foutu à la porte et ça te démange ? Ça, c'est trop drôle, la voilà qui se ramène !

— Qu'est-ce que tu me chantes-là ? »

Jean fit instantanément une pirouette sur lui-même tandis qu'Édith éclatait de rire.

« Et non, pauvre pomme ! Ce n'est qu'une blague !

— Allez, rentrons, on s'est suffisamment donné en spectacle. »

Jean désigna du chef, à l'étage, un voisinage fort curieux.

Édith aurait préféré se débarrasser de Jean dans la rue pendant qu'il en était encore temps, pourtant quelque chose l'en empêcha. « À quel jeu joues-tu, ma fille ? Tu veux qu'il s'en aille mais tu trouves le moyen de lui céder et de le faire entrer chez toi ! Tu as encore envie de cet homme ? Quel prétexte vas-tu te donner ? J'ai finalement encore besoin de lui ! Oui, c'est exactement cela. J'ai besoin de lui. Et après ? Après, cela ne changera rien. C'est fini entre nous ! Je veux mon soleil pour moi toute seule, je ne veux pas emporter les souvenirs d'avant ni continuer avec lui là-bas. Et tu espères te faire croire cela, ma fille ! Mais qui crois-tu tromper ? Tu es là, à te torturer le cœur et les sens, pour te donner mille raisons à la fois de rompre et de continuer ! Tu vas te perdre si tu continues. Réveille-toi, reprends-toi avant qu'il ne soit trop tard. Il ne peut y avoir de place pour Jean, ni maintenant, ni demain ! Bon sang, pourquoi a-t-il fallu qu'il arrive juste à ce moment-là ? »

« Bon, c'est d'accord, mais je te préviens, je n'ai pas de temps ! s'écria-t-elle en l'entraînant déjà derrière elle. Tu souris ? Peux-tu comprendre que je n'ai plus de temps pour toi ? Comment faut-il te le dire ?

— En m'embrassant, tout simplement !

— Laisse-moi, ne me touche pas ! »

Elle écarta Jean de son passage et fila se réfugier dans la salle de bains. Jean ne la retint pas. Barricadée à l'intérieur, elle enjamba la baignoire sabot pour s'asperger d'eau chaude encore tout habillée. Lui s'affala sur le lit, sortit son paquet de Celtiques, piqua une cigarette et sirota deux bouffées avant de visser son mégot au coin des lèvres et de le laisser fumer doucement, mains derrière la nuque, jambes allongées et croisées.

Il entendit de l'autre côté de la cloison Édith retirer ses vêtements trempés et se savonner vigoureusement l'épiderme. Il s'imagina un instant traverser le mur, plonger dans l'opacité de la buée afin de la rejoindre et l'entraîner dans un corps à corps tendre et fougueux. Édith éternua bruyamment. Instantanément, la bulle éclata : un autre visage, une autre scène s'imposèrent à lui. Il fronça les sourcils, il avait failli oublier les heures matinales qu'il venait de vivre. Il tira une dernière taffe puis, du bout des doigts, écrasa fébrilement son mégot comme pour effacer de sa mémoire cette première nuit commune avec Marinette, ou plutôt cette fin de nuit.

Après un profond soupir, il se frotta énergiquement le visage ; il devait aller jusqu'au bout, appelant de toute son âme le prix du sentiment.

« Qui mène ce jeu trouble ? Quel est celui qui part, quel est celui qui croit abandonner l'autre ? Crois-tu pouvoir me faire souffrir en me quittant, douce Édith ? Qu'il plaise à Dieu, qu'il en soit ainsi ! Mais je crains fort qu'une fois encore, hélas, mon indifférence morbide ne joue les miroirs et ne te renvoie au centuple la souffrance amoureuse que je ne ressens pas, moi qui n'ai joué à te parler autrement, depuis que nous nous connaissons, que pour le vertige de me perdre d'amour ! Comment aurais-je pu vous avouer, à Marinette et toi, qu'il m'est arrivé parfois de vouloir tuer mon désir ? »

« Qu'est-ce que tu marmonnes dans ta barbe ?

— Rien ! Je songe à des choses que je ne t'ai jamais dites, des choses… Mais à quoi bon, de toute façon, ce n'est pas maintenant, je suppose, que l'on va en parler !

— C'est bien ce que je te dis ! Tu radotes dans ta barbe, mon petit père ! T'es bon pour Sainte-Anne ! Si tu n'as rien de mieux à faire aujourd'hui, tu pourrais peut-être m'aider ! Parce que… pour ce qui est de l'atelier… on repassera, toi et moi, n'est-ce pas ? »

Jean ne répondit pas tout de suite. Il craqua une allumette au bout d'une Celtique, souffla un nuage de fumée puis, faisant mine de ne pas décaniller du lit, il tapota la place à côté de lui. Édith au contraire réajusta son peignoir et lui tourna le dos. Elle ouvrit un placard, piqua des vêtements frais pour aller s'habiller derrière son paravent japonais, tout en recommandant à Jean de se tenir tranquille et de retirer ses pieds du dessus-de-lit, qui n'était d'ailleurs pas non plus un cendrier. Jean se trémoussa sur ses fesses jusqu'à avoir les jambes pendantes.

« La marquise est-elle satisfaite ?

— Commence pas à te ficher de moi, s'il te plaît ! Puisque tu as du temps, j'aimerais que tu m'accompagnes quelque part.

— Mais jusqu'au bout du monde, mon trésor !

— Laisse-moi finir ! Il faut que j'aille récupérer la voiture de Monique…

— Monique a une voiture ? Première nouvelle ! Elle a gagné à la loterie ? Un billet rondouillard, chauve et plein aux as ?

— Écoute, Jean, je n'ai vraiment pas envie de rigoler, ce n'est pas le moment. Tu m'accompagnes, oui ou non ?

— Bien sûr, ma douce ! Et plutôt deux fois qu'une !

Changeant de ton, il lui murmura soudain :

— Marinette et moi, c'est fini ! J'étais venu ce matin pour te l'annoncer : voilà, c'est fait ! »

Édith se figea. Toujours à l'abri derrière le Fuji-San, elle laissa passer la tempête des sentiments contradictoires qui l'assaillait. Blanche comme un linge, elle se retourna vers lui et lui lança, sur la défensive :

« On y va ! Et je te préviens : ce n'est pas la peine de te fourrer des idées dans la cervelle !

— Mais qu'est-ce que tu vas t'imaginer ? fanfaronna-t-il. Bon, trêve de plaisanteries : un baiser au soldat avant le combat, ma douce ? Toujours pas ! Bon ! Ce sera pour plus tard… Je sais que tu en as autant envie que moi, alors attendre pour attendre…

— Tu me fatigues, Jean ! Attends si tu veux, moi je pars ! »

À ces mots, Édith, vêtue de propre, se faufila jusqu'à la porte qu'elle laissa ouverte et s'en alla, laissant Jean derrière elle. Il attendit un court instant avant de bondir hors du lit et de la rattraper un peu plus loin dans la rue. Quand elle le sentit à sa hauteur, Édith ne put cacher un petit sourire, mais cela ne l'empêcha pas de le rembarrer sèchement. Elle n'avait que faire d'un pied tendre à ses côtés. Jean l'arrêta net en la saisissant par le bras. Qu'est-ce qu'elle était en train de mijoter ? C'était quoi cette voiture ? Édith fit un mouvement brusque pour se libérer. Jean ne la retint pas. Il n'y eut pas de face à face. Édith haussa les épaules avec dédain et s'en fut. Après quelques secondes d'hésitation, Jean fila derrière elle une fois encore. Quand il la rejoignit, il se garda bien de dire quoi que ce soit pendant tout le trajet.

Moins d'une demi-heure plus tard, ils se présentaient devant une impasse qui menait à une cour intérieure sur laquelle s'ouvrait une série de box fermés en tôle ondulée. Elle se dirigea sans hésitation vers celui d'Émile, décrit comme tel par Charlie, puis elle se retourna et demanda à Jean de surveiller les alentours. Il s'exécuta tandis qu'elle sortait de son sac le passe de Charlie et, suivant à la lettre les prescriptions de ce dernier, elle déclencha la serrure du rideau métallique. Rouillé, il avait l'air d'être salement bloqué. Elle appela Jean à la rescousse pour le soulever. Jean geignit pour, au bout du compte, ne réussir à le hisser que de cinquante centimètres. Le rouleau ne voulait rien entendre. Il s'énerva et donna un violent coup de latte contre le rideau.

« Oh, oh ! Ça ne va pas ! Arrêtez, j'appelle la police ! »

Un bonhomme pansu, à la mine patibulaire, se précipitait vers eux.

« Bravo monsieur, ironisa Édith. Je lui demande d'être discret et voilà le résultat. On a ce gros plein de soupe sur les reins. Félicitations ! Maintenant, tu as intérêt à vite trouver une idée pour nous en débarrasser !

— Non mais, tu rigoles ! Tu as vu le morceau ? T'as qu'à lui faire du gringue, toi qui es si maligne ! On n'est pas des voleurs ! Si ?

— Mon Jeannot, je crois que tu devrais m'ouvrir ce foutu rideau avant qu'il ne soit trop tard ! Vas-y, tu as compris, active ! »

Elle eut juste le temps de se retourner et d'aller se planter devant le gardien des lieux.

« Non, non ! Ne vous inquiétez pas, je suis une amie d'Émile ! On vient récupérer sa voiture.

— Qu'est-ce que c'est que ces salades ? On ne m'a rien dit ! »

Plus renfrogné que jamais, l'homme sortit une matraque. Édith cria sans ménagement à l'adresse de Jean :

« Fais quelque chose, bon sang ! Cet abruti ne comprend rien à rien ! »

Jean s'accroupit et, dans un ultime effort, parvint à débloquer le système qui enroula le rideau dans un vacarme épouvantable. Il en perdit l'équilibre et partit dans un roulé-boulé à l'intérieur, pour se cogner contre la calandre de l'américaine. Il se redressa immédiatement et, quoiqu'un peu étourdi, se mit à chercher dans le faux jour quelque chose, n'importe quoi, qui pourrait servir à calmer le gras-double. Celui-ci fit preuve d'une étonnante vivacité en écartant promptement Édith de son passage pour se ruer dans le box. Entre-temps, Jean s'était faufilé le long de la voiture vers l'arrière ; il trébucha à nouveau et s'étala de tout son long dans le peu d'espace qui restait. Édith eut beau rôle de hurler au ventripotent de s'arrêter. Ce dernier n'avait aucune chance de glisser sa masse adipeuse par là où était passé Jean qui, armé d'une barre de remorquage, faisait prudemment le tour de la voiture pour revenir par le côté opposé. Le gros fit volte-face et s'avança vers Édith, un mauvais rictus aux lèvres. Elle se recula et lui agita sous le nez les clefs de la Buick avant de hurler à l'adresse de Jean : « Assomme-le ! »

Jean lui balança vigoureusement la barre tandis que l'autre se retournait vivement. S'il réussit à l'esquiver une fois encore, il ne put éviter Édith qui s'était ruée en même temps sur lui. Elle le déséquilibra. Jean en profita pour lui tomber dessus à bras raccourcis et lui filer un mauvais coup. Exploitant immédiatement ce léger avantage, ils se ruèrent vers la voiture et s'y engouffrèrent. La seconde suivante, dans une grande panique, ils roulaient presque sur le gros lard. Cahotant, dérapant, ils sortirent en trombe de l'impasse.

« Où va-t-on maintenant ? » demanda Jean.

Édith se pinça les lèvres, fit un effort sur elle-même et lui répondit :

— Toi, je ne sais pas ; mais en ce qui me concerne : chez moi, seule !

VIII

« Tu ne peux pas comprendre !

— Pardon ! Qu'est-ce que vous dites ?

— Qu'est-ce que je dis ? », répéta Jean en recouvrant ses esprits.

Il était assis sur un banc à côté d'une personne qu'il ne connaissait ni d'Ève ni d'Adam. Elle le considérait avec un air bienveillant. Visiblement, elle aussi avait envie de parler, à tout le moins de connaître la suite.

« Je vous parlais ? insista Jean.

— Mais oui, mon bon monsieur !

— À vous personnellement, vous en êtes sûre ?

— À vrai dire… »

La femme sans âge eut un petit rire. Les couleurs aux joues, elle lui avoua, un tantinet confuse, qu'elle s'était laissée prendre à l'écouter, ajoutant pour s'excuser que la curiosité n'était pas dans sa nature.

Quelle idée toutefois de parler dans son sommeil ! « Au vu et au su de tout le monde, quand même ! », songea-t-elle. Jean sentit la gêne l'envahir à l'idée qu'il avait pu en raconter de drôles sans s'en rendre compte. Penaud, les sourcils dressés, il eut un haussement d'épaules. Comprenant son trouble, elle se pencha vers lui et lui chuchota :

« Rassurez-vous ! Vous n'avez rien dévoilé des secrets de votre cœur, ni de votre âme ! Votre discours était assez déconcertant… »

Elle fit une pause et lui demanda, les lèvres aux bords de ses oreilles :

« Entre nous, qu'est-ce que je ne peux pas comprendre ? »

Jean commença par mâchonner en silence ses mots, le temps de donner un peu de répit à son cerveau encore embrumé et trouver quelque chose d'insignifiant à répondre à l'inconnue. À ce moment-là, une barbe fleurie familière lui apparut, tombant à point nommé pour le tirer de cet embarras passager. Il se leva et lui adressa un grand geste de bienvenue. La personne sans âge se pinça légèrement à la vue de l'attelage. L'homme empestait la vinasse et le charbon de bois. Le rougeaud eut tôt fait de lâcher, la gorge rauque, un salut braillard et gras à la compagnie, ce qui eut pour effet de faire envoler immédiatement la femme sans âge peu encline à croiser de près, ne serait-ce qu'une seule seconde, ce genre de personnage. Cependant, avant d'abandonner Jean, elle lui dit avec une petite moue qu'elle aurait bien aimé avoir la réponse à sa question. Il ne l'écouta pas ; elle tourna les talons et s'en fut rapidement, laissant à d'autres l'indiscrétion qui venait de la titiller.

« Alors mon garçon, toujours partant pour les cornets ? »

Jean opina du chef en invitant son hôte à s'asseoir à côté de lui, maintenant que la place était libre.

À présent qu'il était tout à fait réveillé, il n'était pas fâché de se faire quelques pièces en aidant le vieil homme.

Le pâle soleil ne résista pas aux heures d'après-midi. Il disparut sans demander son reste, laissant la grisaille obscurcir prématurément la lumière et accentuer ainsi l'impression de froidure. De parfaites circonstances pour que les marrons chauds se vendissent, à peine étaient-ils grillés, réchauffant d'abord les mains frigorifiées, avant de brûler délicieusement la langue et le palais.

Le temps s'écoula sans y paraître. À nouveau, les candélabres s'allumèrent et les vitrines s'éclairèrent. Cela coïncida presque avec les derniers cornets. Le sac de marrons était vide. C'était fini pour aujourd'hui. Dommage, car le chaland attiré par la bonne odeur se précipitait encore. Il était temps de rentrer chez soi. Le vieil homme proposa à Jean de l'accompagner, il restait encore une paillasse libre s'il le voulait. Jean refusa poliment. Il était invité, ce soir !

« Dans l'lit de ta bergère ? C'est-y vrai ?

— Mais non, le vieux, tu le sais bien ! »

Jean eut un profond soupir. L'autre se méprit. L'œil égrillard, il lui lança :

« Tse, tse ! T'as l'anguille qui frétille dans l'pantalon rien qu'à l'idée ! »

Jean eut le réflexe que l'autre attendait : il ne put s'empêcher de reluquer sa braguette ouverte, ce qui fit s'étrangler de rire le barbu. Jean, vexé, leva le bras mais voyant son compère au bord de l'asphyxie, s'esclaffa à son tour. Ainsi vengé, il lui tapota amicalement le dos.

Quand la crise fut calmée et que l'autre lui eut bien craché sur ses pieds, après une dernière claque sur l'épaule, ils se séparèrent. Chacun alla son chemin, Jean ne se retourna pas. Il ne vit et encore moins n'entendit le vieux qui lui adressait un adieu pour toujours.

En cette fin d'après midi, Jean, de toute façon, se serait donné la mauvaise conscience de ne pas y croire. Ils n'avaient pratiquement pas échangé un mot durant ce dernier long moment passé ensemble, alors à quoi cela aurait-il servi de parler justement à cet instant ?

Le vieil homme n'espérait pas non plus qu'il se retournât. Pas une seule seconde, il n'avait cru qu'il allait ce soir rue du Commerce. Cela faisait belle lurette déjà que l'appartement était occupé par d'autres locataires. Il avait été présent le jour où Marinette avait embarqué toutes ses affaires et le peu de meubles qu'elle possédait sur une charrette à bras des marchés. Il savait où elle était allée, mais jamais il ne l'avait rapporté à Jean. Au début, il avait attendu qu'il le lui demandât, l'air de rien. Mais l'air de rien, Jean avait toujours su éviter cette question. Au fil du temps, il s'était convaincu que Jean affichait par trop son indifférence pour ne rien ignorer de la nouvelle vie de Marinette. Et puis, Dieu sait comment, cela était devenu une superstition. En parler eût signifié le temps des départs, le temps définitif des autres vies. Ce soir, le sac s'était vidé plus vite qu'il ne l'aurait dû et le vieil homme avait lâché dans un souffle : « Adieu, mon garçon ! Adieu, Zébédée ! Bon voyage, bon vent là où tu vas ! »

« Tu ne peux pas comprendre ! » Combien de fois ne le lui avait-il pas répété, ce matin-là ? Combien de fois ne le lui avait-elle pas répété, elle aussi ? Cela faisait déjà plus d'un mois et pour la première fois, il venait de revivre en rêve les heures de son premier réveil au retour de Marinette.

« Tu as vu l'heure ? Dépêche-toi, mon chéri, tu es en retard ! » Elle avait prononcé ces mots d'une voix à la conviction forcée. Il s'était enfoui un peu plus sous les draps, avait ronchonné, ronchonné de devoir lui parler maintenant. Après tout, pourquoi les choses ne se seraient-elles pas faites dans le silence, chacun finissant par comprendre sans un mot, sans colère, sans animosité, sans rien finalement qui puisse empoisonner les derniers temps de vie commune. Subitement, elle avait éclaté.

« Ce n'est pas vrai ! Je ne le crois pas, ma parole ! Tu n'es pas en retard, hein ? Réponds-moi ! » Elle s'était mise à battre des deux poings les couvertures. Il avait attendu que les coups cessent sans y répliquer une seule fois. Pour rien au monde il n'aurait souhaité que la violence prît le pas sur les mots. Quand elle avait été à bout de souffle, il lui avait lancé comme une misérable aumône :

« Tu ne peux pas comprendre !

— Comment cela, je ne peux pas comprendre ? Tu te fiches de moi ou quoi ? En tout cas, j'ai parfaitement pigé que les Gossipe avaient raison ! Demain aussi, tu seras en retard, je suppose ! Et puis après-demain et les jours suivants…

— Ce n'est pas cela, Marinette ! C'est autre chose… »

À la seconde, elle avait changé d'attitude, s'était assise sur le bord du lit. Les sourcils en accent circonflexe, les commissures des lèvres affaissées donnaient à son visage d'une extrême pâleur l'expression d'un clown triste. Elle le fixa un moment puis composa un sourire qui n'afficha autre chose qu'une grimace poignante. Elle reprit la parole en douceur, d'une voix lasse.

« Vois-tu, mon Jean, si j'avais réellement eu une attitude comme celle-ci, cela aurait été plus facile à admettre pour toi. Mais hélas, ou heureusement, je ne sais pas encore…

— Tu veux dire qu'à l'instant tu faisais semblant ?

— Je veux simplement te dire que toi non plus, mon pauvre Jean, tu ne peux pas comprendre !

— Allons donc ! Tu cherches à inverser les rôles ?

— Ce que tu ne peux pas comprendre, c'est que tu ailles au travail ou non, je m'en fiche ! Que tu n'en aies plus aussi, d'ailleurs ! Je t'aime encore mais c'est bien la dernière fois que tu m'entends te le dire. Tu ne me demandes pas pourquoi ?

— Je suis fatigué, Marinette ! Mais fatigué au-delà de ce que tu peux imaginer, fatigué comme si nous avions eu cette scène mille fois déjà…

— Écoute-moi, au moins !

— Non, toi écoute-moi d'abord, si tu veux bien. Au moment où je veux essayer de te parler, de te dire certaines choses, tu me joues une scène à l'envers ! Tu veux que je te demande pourquoi ? Eh bien, allons-y : pourquoi ? Ah, juste un détail avant que tu ne répondes. Cela fait des mois que j'ai claqué la porte de l'atelier ! Ça remonte même à avant... ça t'épate, non ? D'accord, d'accord, revenons à ta question. Voilà... Je t'écoute !

— Je sais que je vais te faire du mal. Enfin... je l'espère un peu pour que ces années de vie commune aient un sens. Non, ne m'interromps pas encore une fois. Voilà, je ne te le dirai plus jamais, parce que je ne te verrai plus jamais. Je t'aime et pourtant je vais partir ! Tu vois, que tu ne peux pas comprendre. C'est difficile à admettre que l'on puisse à la fois aimer et avoir envie de quitter celui qu'on aime !

— Mais qu'est-ce que tu me chantes ! Dis-moi plutôt qu'il y a quelqu'un d'autre ! D'ailleurs comment pourrais-je te le reprocher ?

— Bien sûr que non, il n'y a personne d'autre ! Toi, par contre...

— Qu'est-ce que tu insinues ?

— Rien, ce serait trop facile que je t'offre ce rôle-là ! Je n'ai pas de cadeau à te faire, je n'ai plus de cadeau à te faire ! Que tu m'aies trompée ou non, je m'en fiche. Tu vois, c'est comme pour ton boulot, c'est comme pour la grille de l'hôpital.

— La grille de l'hôpital ?

— Arrête de reprendre la fin de mes phrases ! On dirait... On dirait un singe qui a avalé de travers sa cacahuète !

— Un singe ? Tu as bien dit « un singe » ? bafouilla Jean entre deux éructations.

— Oh, c'est trop drôle ! Tu te verrais en ce moment, mon pauvre Jean !

— Tu ne peux pas comprendre !

— Non, c'est toi qui ne veux pas comprendre ce qui t'arrive. Ce qui nous arrive ! Et c'est pour cela qu'il faut que je parte. Mon chéri, tu veux bien ? Viens poser ta sale caboche sur mon ventre, s'il te plaît, comme avant, tu te souviens ? Voilà ! Non, non ! N'en profite pas ! Pas de bisous ! Je vais te dire pourquoi c'est comme pour la grille. À l'hôpital, je me mettais à la fenêtre et, avant même que tu n'apparaisses à l'entrée, je te voyais, je te faisais un signe que toi tu ne pouvais voir. Et si tu ne venais pas, c'était bien évidemment pareil : je te voyais venir, te poster sous le candélabre, passer devant le poste de garde ; je t'adressais mes baisers. Toi, tu ne les voyais toujours pas, mais cela n'avait pas d'importance. Maintenant, c'est la même chose.

— Marinette, mon cœur…

— Mon cœur ? Je n'en crois pas mes oreilles ! Tu dois te tromper de personne ! Jamais tu ne m'as appelée mon cœur !

— Un soir que je rentrais à la maison en métro comme d'habitude ; c'était après Dupleix, juste avant La Motte Picquet-Grenelle, j'ai vu ou plutôt aperçu…

— Mon cœur ! Je n'en reviens pas. C'est parce que je t'ai annoncé que je m'en allais ?

— Non, tu ne me croirais pas, alors à quoi bon ?

— Qu'est-ce que tu essaies de me dire ? Que je suis trop gourde pour comprendre que depuis le début tu me racontes des salades ? De jolies salades, il est vrai ; il faut reconnaître que t'es doué pour cela ! Mais mon pauvre Jean, il y a belle lurette que je n'y crois plus du tout. Et cela n'a rien à voir avec l'amour.

— Non, uniquement avec la raison, et c'est pire lorsque la raison s'en mêle… ou mieux encore le singe !

— Tu ne vas tout de même pas te vexer parce que je t'ai comparé à Joko, non ?

— Tu te souviens de notre rencontre et de nos premières sorties nocturnes à Luna Park ?

— C'est trop tard, Jean ! On ne refait pas machine arrière dans un chemin qui s'est effacé…

— C'est bien ce que je dis : tu ne peux pas comprendre !

— Est-ce que tu t'es posé seulement une fois la question de ce qui m'était réellement advenu le jour où je suis passée par-dessus bord ? Est-ce que tu t'es une seule fois interrogé, je ne dis pas inquiété, simplement interrogé sur ce que j'avais ressenti ou recherché ce jour-là ? Eh bien, réponds !

— Alors, lorsque la rame a stoppé, je me suis précipité dans les escaliers comme un dératé, bousculant tout le monde sur le passage. Je voulais avoir la certitude de ne pas avoir rêvé, de ne pas avoir été trompé par un reflet dans les vitres ou que sais-je encore. Je crois me souvenir que j'ai même failli me bagarrer pour avoir le banc pour moi tout seul !

— Le banc ! C'est bien la seule chose de vrai dans le fatras de ton verbiage ! Ça, on peut dire qu'on t'y a vu, Gossipe le premier, passer des heures à ne rien faire.

— Marinou ! Je sais parfaitement ce que j'y faisais et ce que j'y attendais…

— Marinou ! Tu ne m'as pas appelée comme ça depuis Luna Park ! Je rends grâce à Dieu que finalement la mémoire te revienne et que ton cœur saigne à sa façon…

— J'ai dit Marinou comme j'aurais pu dire Édith. C'est un joli prénom, tu ne trouves pas ?

— Je pars, Jean !

— Inutile de passer par les toits : il y a un très bon escalier, Marinou ! C'est moins rapide mais plus discret pour le voisinage ; et puis tu pourras à l'occasion donner le bonjour à Gossipe de ma part !

— Chameau ! Fiche le camp d'ici, Jean ! Je t'en prie…

— Ce soir-là, j'ai failli ne pas rentrer. C'est ce que j'aurais dû faire ! Oui, prendre mon bagage et m'en aller, même si…

— Tu ne vas pas recommencer ! Je ne t'écoute plus, je sors ! Fais-moi la gentillesse de ne plus être ici à mon retour et… Non, tu n'as pas fait cela ? Tu as piqué dans la boîte ! Ne dis pas le contraire ! Je le vois bien : la corniche est déplacée ! Tu n'as pas fait ça, Jean ! Je t'en prie…

— Je ne sais pas, Marinou ! Demande au singe… Paraît que Joko est un peu voleur…

— Si jamais, tu entends, si jamais…

— Et bien quoi, ma chérie ! Tu vas porter plainte ? Bon, moi je me casse !

— T'as touché à l'argent ! T'as pris combien ?

— Tu vois bien que tu ne peux pas comprendre, puisque j'ai été suffisamment salaud pour te voler. Et pire encore ! Suffisamment lâche pour ne rien dire. »

Jean et Marinette continuèrent leur face-à-face mais le cœur n'y était plus. Il semblait qu'inconsciemment ils avaient atteint une limite qu'ils s'interdisaient de franchir. Non pas qu'ils n'eussent plus rien à se dire, mais probablement souhaitaient-ils en faire profiter uniquement le silence de leurs pensées. La porte s'ouvrit sur Jean ; ils se séparèrent sans se dire adieu. Ils échangèrent un « au revoir », de ces « au revoir » que l'on s'offre quotidiennement, emballés dans une impatience froissée. Ils se quittèrent comme l'on se croise, sans plus se poser la question de se retrouver un jour.

Dans la rue, Jean se serait aperçu – s'il s'était retourné – que Marinette n'était pas à la fenêtre. Il préféra imaginer qu'elle y était et que son dos était encore la plus désaimante manière d'éprouver son propre cœur, qui ne lui répondit que par le vague regret d'un désir charnel.

En arrivant boulevard de Grenelle, il constata sans plus d'émotion que ce jour était comme les autres jours, comme si Marinette n'avait été qu'une parenthèse refermée depuis longtemps. Quelques pas plus loin, songeant que ce serait là une bien agréable façon de tuer le temps, il décida d'aller voir dès à présent Édith ; la curiosité le piquait de lui jouer la scène de sa séparation avec Marinette. Comment allait-elle réagir, quelle serait son attitude ? Il crut à cet instant ressentir les prémices d'une impatience non feinte. Alors, il se donna l'impression d'être un joli cœur amoureux fou de désir, se précipitant au premier rendez-vous galant de sa belle.

Il ne fallait point te hâter, Jean Zébédée, cela t'aurait évité une drôle de balade en voiture qui s'est mal finie pour toi. Hélas, Jean Zébédée, ce matin-là, ton ami le vieil homme à la barbe fleurie ne vendait pas de marrons chauds sur ton chemin.

Lorsque la porte se fut refermée, Marinette resta un moment immobile, en priant que Jean, quel qu'en fût le motif, ne fît machine arrière et ne frappât à nouveau. C'eût été gâcher jusqu'aux dernières minutes passées ensemble. Elle suivit mentalement sa descente étage par étage, jusqu'à son arrêt devant la loge des Gossipe. Si le rideau était tiré, il leur avait certainement adressé un signe de jean-foutre. Elle poursuivit. Dehors, après une légère hésitation, il irait droit comme un « i » sur le trottoir d'en face et ne pourrait s'empêcher de regarder subrepticement en l'air en direction de leurs fenêtres.

« Vas-y, ma fille ! File au balcon voir si ton Jean lève encore les yeux vers toi ! Et s'il ne le fait pas ? Le chameau ! Je suis presque sûre qu'il ne l'a pas fait ! Et dire que j'allais me pencher au balcon. Jean, Jean ! Pourquoi es-tu ainsi ? Encore quelques instants… Voilà, il ne reviendra pas, maintenant. Tu peux commencer ta journée, Marinette ! Tiens, il est parti sans boire son café. Son cendrier est vide aussi. C'est bien la première fois qu'il ne fume pas au saut du lit. T'exagères pas un peu ? T'as vu le saut du lit, ce matin ? Toi non plus, d'ailleurs, tu n'en as pas encore grillé une ! Allez, ma fille ! Il n'est plus dans les parages ; ouvre en grand et prépare-toi une bonne cafetière ! »

Aussitôt dit, aussitôt fait. Une demi-heure plus tard, devant son bol vide, une cigarette allumée, Marinette se revoyait jeune fille arrivant à la capitale avec au cœur toutes les espérances que donne l'innocence de la jeunesse. Puis, ce fut l'après-midi où elle avait rendu son tablier pour aller au rendez-vous de Jean. Que ce serait-il passé s'il n'était pas venu, justement, ce soir-là à Luna Park ? Oui ! Que serait-elle devenue si elle était restée bien docilement au service de Madame ?

« Peut-être aurais-je rencontré un autre Jean ? Pire encore, un Gossipe, pourquoi pas ? Mais non, ce n'est pas possible, jamais je ne me serais laissée faire. Qu'est-ce que tu crois, ma fille ? Tu aurais pour sûr un, voire deux mouflets pendus à tes jupes. Crois-tu que ta vie serait meilleure ? Certainement pas. Tu ferais mieux de mettre tes affaires en ordre et de préparer tes bagages avant qu'on te fiche à la rue ! T'as l'air d'oublier que ton Jean a deux termes de retard… »

Marinette cessa d'explorer ses états d'âme et de cœur pour se consacrer à l'urgence de la situation. Elle ne ressentait même pas de colère à l'égard de Jean, devenu, sans gêne aucune d'amour-propre, un impécunieux.

Moins de deux heures après son départ, Gossipe, le sourire torve, frappait à la porte.

« Bonjour, chère petite madame ! Vous vous doutez du pourquoi de ma présence chez vous ? Votre mari n'est pas là ? Déjà parti au travail ? Ce n'est pas un peu tôt ?

— Ça va, ça va ! Arrêtez votre cinéma, Gossipe !

— Ce sont des choses dont on ne discute pas sur le palier !

— Parlez pour vous, vieille commère, pire que votre femme !

— Allons, allons ! On est en colère ce matin ! On s'est disputé avec son petit mari ? Faut dire qu'elle est plutôt mignonne… Oh pardon ! Je n'ai pas gaffé, j'espère ! Je pensais que vous… Vous savez, un homme n'aime pas bien rester seul trop longtemps… La nature a ses besoins, si vous voyez ce que je veux dire…

— Quelles sont vos intentions ? Je n'ai pas que cela à faire et je ne tiens pas à rester dans les courants d'air ! Bonjour, monsieur Willot ! Vous allez bien ?

— Bonjour, m'sieur Willot ! Oui, donnez-le-moi, pas la peine de descendre. Toujours à l'heure ! Jamais un jour de retard pour le terme ! Y'en a qui ferait bien d'en faire autant…

— Y'en a qui ferait bien aussi de s'occuper de leur femme avant celle des autres, surtout quand il y a à faire !

— C'est ça ! Je repasserai tout à l'heure et j'espère que le compte y sera. Sinon…

— Sinon rien du tout ! J'ai bien l'intention d'aller voir le propriétaire aujourd'hui même. Je suis sûre qu'il sera très intéressé par mon bavardage ! Quant au reste… Ne vous inquiétez pas, il aura son argent.

— Ce sont vos oignons, monsieur Willot ? Non, bon, alors… Quant à vous, la Zébédée, vous allez pas faire long feu ici, c'est moi qui vous le dis ! »

Long feu : au prix du charbon, cela avait fait un répit d'une quinzaine. L'après-midi même, Marinette, mise sur son trente et un, était directement allée chez son propriétaire qu'elle savait habiter un immeuble non loin de là, dans l'enclave du quinzième, en bordure de l'avenue de Saxe. Elle s'y était présentée au culot. La chance avait voulu qu'il fût chez lui et qu'il écoutât d'une oreille attentive son discours – le paiement immédiat d'une partie non négligeable de l'arriéré ayant probablement facilité la discussion.

Elle s'engagea à payer le solde sous deux semaines, en même temps qu'elle libérerait l'appartement. L'homme avisé vit qu'il avait là une occasion de louer à bon compte une mansarde qu'il possédait. Il la lui réserverait. Dès qu'elle aurait trouvé un travail, elle pourrait y emménager. Ceci réglé, elle partit en quête d'une copine d'avant, qu'elle avait cessé de voir à l'arrivée de Jean dans sa vie. Pendant ce temps-là, son propriétaire grippe-sou interrogeait Gossipe afin de savoir ce qu'il y avait de négociable dans l'appartement qu'elle abandonnait, autant dire : rien.

Après quelques jours de vaines tentatives pour retrouver à la fois la copine et à se placer, elle entreprit, toujours au culot, d'aller chez ses anciens patrons qui, l'avait-elle vérifié sur le bottin, habitaient encore à la même adresse. On ne l'avait pas oubliée ! La porte tout juste entrebâillée, on le lui fit comprendre sur-le-champ en exhibant celle qui l'avait remplacée.

La seconde semaine ne s'annonça pas sous de meilleurs auspices. Gossipe se faisait de plus en plus pressant, allant jusqu'à proposer de l'aider financièrement moyennant une petite compensation. Marinette le rembarra vertement. Deux marchés pour un commerçant de fruits et légumes étant loin d'être suffisants pour lui permettre de réunir la somme manquante, elle se résigna à écrire à sa famille en province, sans grand espoir au souvenir des conditions de son départ pour la capitale. Ce n'était pas non plus le camée et sa chaînette en or qui allaient faire le complément. Jean ? C'était à croire qu'ils jouaient tous les deux au chat et à la souris. On lui avait rapporté qu'il était dans le quartier, qu'il passait souvent des heures entières assis sur son banc. Mais à aucun moment, il ne lui était arrivé de le croiser ni de l'apercevoir. Il ne lui restait donc plus qu'une ultime tentative auprès de son propriétaire qui lui avait semblé moins rosse que sa réputation ne le lui avait fait craindre.

Une fois encore, elle eut la chance de le trouver à son domicile. Il ne fut pas autrement surpris de sa démarche. Il était convaincu de son échec, mais il fallait qu'elle essayât quand même… Il décida de récompenser les efforts qu'elle avait mis à solder sa dette. Aussi lui fit-il la proposition suivante : il lui offrait la mansarde et, en contrepartie, elle travaillerait comme femme de peine dans ses immeubles. Il prélèverait bien évidemment de ses émoluments son loyer et le remboursement de sa créance… Marinette ne fut pas dupe de cette générosité. Le bougre y serait mille fois plus gagnant qu'à l'avoir encore comme locataire, rue du Commerce. Il allait sans dire que dans les premiers temps, il ne lui resterait pas grand-chose… Avec peut-être un marché de plus par-ci par-là, elle se donna cependant l'espoir de s'en sortir plus tôt qu'il ne le pensait.

Ces certitudes en poche, elle fila directement chez elle préparer son départ. Un marchand forain qu'elle connaissait lui prêta une charrette à bras ; il ne lui restait plus qu'à trouver les biceps charitables qui voudraient bien l'aider à transporter son maigre bien jusqu'à son nouveau domicile.

Finalement, les choses se déroulèrent encore mieux qu'elle ne l'avait espéré. Même le petit vieux qui vendait des marrons chauds fut du labeur. Il n'y eut que Gossipe pour manger son chapeau. Elle ne se priva pas, à chacune de ses allées et venues, de le brocarder à loisir devant une population masculine, pas fâchée de voir une donzelle en remontrer au gros qui se pavanait dans le quartier. De toute la sainte journée, on ne vit Jean dans les parages. Elle entassa ses vêtements et le reste dans des cageots sur la tommette de la cuisine ; libre à lui de venir les prendre, sinon Gossipe ne manquerait pas de s'en charger.

Quand le travail fut terminé et qu'il ne resta plus qu'un voyage à faire, elle eut un choc en entendant résonner sa voix dans les lieux. Un vague à l'âme l'étreignit au moment de quitter définitivement ce qui avait été son premier nid d'amour. Comment avait-elle pu s'habituer à un plafond aussi bas ? Le logement lui apparut enfin tel qu'il était en réalité : vétuste, sombre et triste, avec ses lucarnes d'où l'eau filtrait lors des grosses pluies qui ne manquaient pas d'ajouter ou d'agrandir, à chaque fois, les auréoles sur les murs. L'autre ne valait guère mieux, songea-t-elle : juste un toit pour dormir en attendant de partir, partir, partir ! Pour où ? Elle avait déjà sa petite idée. Oh, c'était tout récent : une image trouvée dans une tablette de chocolat à croquer. Elle représentait une drôle de falaise en forme de trompe d'éléphant.

Plus tard, elle était repassée rue du Commerce, à l'occasion d'un marché. Elle était allée à la loge s'enquérir des affaires de Jean et y avait appris qu'il n'était pas venu les chercher. D'autres locataires s'étant présentés, on s'en était débarrassé. Quand cela ? Oh, eh bien… une semaine après son déménagement. En clair, cela signifiait que dès le lendemain, Gossipe avait fait main basse sur tout ce qu'il avait pu récupérer. Une seconde, elle faillit plaindre Jean, mais aussitôt un « tant pis pour lui » balaya un cœur pourtant encore plein d'amour. Un cœur où il n'y aurait définitivement de place que pour Jean. À moins qu'au printemps prochain, un voyage n'en décidât autrement.

Elle croisa de temps en temps le vieil homme barbu, le salua avec un sourire en forme de question muette. Il y répondit d'un rictus amical ; une façon, somme toute, de lui dire qu'il avait des nouvelles de Jean.

Une autre chose avait changé dans la vie de Marinette. Elle pensait moins souvent à la marchande des quatre-saisons, ou du moins sa voix se faisait moins entendre. Au début, elle avait cru en ressentir presque un manque, puis elle s'était faite à l'idée de son absence, un peu comme de celle de Jean.

En travaillant du matin au soir, presque sept jours sur sept, elle s'épuisa à mettre le sou de côté pour son voyage. Le labeur ne manquait pas, bien au contraire. Gossipe avait sûrement bavassé et rapporté qu'elle faisait les marchés les samedis et les dimanches en plus de son travail. Semaine après semaine, son patron devint plus dur, plus exigeant. Un peu comme s'il avait estimé qu'elle lui volait du temps et par conséquent, une partie du maigre salaire qu'il lui octroyait après déduction de son loyer et de sa dette. Elle tint bon. On l'appréciait sur les étals ; pas un ne se laissa convaincre par les ragots distillés par Gossipe de lui refuser l'extra.

À sa grande et bonne surprise, à la Noël arriva un mandat de sa famille. Oh, ce n'était certes pas une somme importante ; même reçue à temps, elle ne lui aurait pas suffi à se dépatouiller. Peu importait : elle prit cela comme la pichenette d'un destin enfin favorable.

Elle songea immédiatement à Jean et en pensée lui fit part de la bonne nouvelle. Comme chaque soir avant de s'écrouler de fatigue dans son lit, elle brûla le peu d'énergie qui lui restait à lui raconter ses dernières heures. Puis, elle lui souhaita la bonne nuit où qu'il fût, lui adressa du bout des lèvres dans l'obscurité de sa mansarde un doux « je t'aime ! », accompagné d'un baiser soufflé, avant de sombrer dans un trop court sommeil.

Il se fait tard. Jean traverse le Pont de Neuilly, relève le col de son trois-quarts qu'il n'a pas quitté depuis…, depuis… Encore faudrait-il qu'il finisse de raccrocher le temps au temps. Souviens-toi Zébédée ! Lorsqu'Édith t'avait gentiment prié de descendre de voiture arguant que la balade était terminée pour toi ! Une rafale, plus pinçante que les précédentes, balaie le parapet. Jean fait un pas de côté. Une autre le fouette aussitôt ; il se retourne et continue en marche arrière, dos au vent, les bras plaqués contre le corps, les mains dans ses poches trouées.

Il fait nuit noire ; Jean a renoncé à aller à Nanterre. C'est trop loin, il a trop froid. Il lui faut trouver rapidement un abri pour la nuit. Ce ne sont pas les chantiers qui manquent dans les environs. Hâte-toi, Zébédée, avant que la froidure ne te joue un mauvais tour ! Cette palissade ou bien celle-ci ? Non, plus loin, au bout de la rue, là où les engins font table rase des vieux immeubles et des pavillons isolés. Il te faut patauger dans la boue, traverser des zones obscures au risque de te tordre la cheville ou pire encore glisser dans une excavation de ces terrains défoncés, plus criblés que ne l'aurait fait un bombardement. Encore un effort, Jean Zébédée, ne vois-tu pas au loin une petite lueur ? Attention ! Trop tard, tu viens de te vautrer sur le sol granuleux. Te voilà plus sale qu'un pou ! Relève-toi ! Allez, le réconfort est devant toi !

Jean essuie ses paumes éraflées sur son pantalon humide et crasseux ; fouille de ses doigts endoloris l'intérieur de son vêtement pour en extraire un paquet tout ratatiné. À grand-peine, il en extirpe une Celtique biscornue et l'allume à l'abri de son col. Il renifle bruyamment, toussote, crachouille puis, le mégot vissé aux lèvres, il se remet en marche. À quelques mètres de là, il trébuche à nouveau, peste contre la terre entière avant de rire de lui-même. Qu'avait-il besoin de couper à travers ce *no man's land*, au lieu d'en faire tout simplement le tour par la rue. Mais alors il n'aurait pas vu la petite lueur !

Ça y est ! Il est enfin sorti de ce bourbier. La petite lueur s'est transformée en une bonne flambée accueillante, celle d'un brasero à l'intérieur de ce qui reste d'une maisonnette abandonnée à la voracité des démolisseurs. C'est le plancher de l'étage qui sert maintenant de toit – pour plus très longtemps d'ailleurs, à voir les ravages environnants des pelleteuses.

« Bonjour l'ami, si t'as la pièce, t'as le droit t'asseoir devant le feu, sinon tu décanilles ! On n'a pas besoin de mendiant ici. Ah, ah, ah ! »

Jean se trouve devant un aréopage guère plus en forme ni mieux loti que lui, un comble ! Mais enfin, au fond de sa poche, il y a la recette des marrons de l'après-midi. Une fois encore, son petit vieux lui tire une bonne épine du pied. Cette nuit n'est vraiment pas une nuit à coucher dehors le ventre vide ; ses narines frémissent à l'odeur d'un bout de soupe dans un fond de cocotte.

« Pour la garbure, mon gars, il faut les allonger !

— Même les cochons n'en voudraient pas ! lance à ce moment l'un des va-nu-pieds présents autour du feu.

— C'est chaud ! dit Jean, alors c'est bon ! »

Il jette une pièce à destination du maître des lieux. En retour, il se brûle le palais avec un liquide épais qui va lui tenir le ventre pour un bout de temps. On lui explique que le gars ne se balade jamais sans sa marmite, qu'il complète avec des restes de tout, piqués dans les poubelles.

« Non, môssieur ! Je fais mon marché trois fois par semaine ! » Jean songe à la marchande des quatre-saisons… « Et si vous n'êtes pas satisfaits de ma cantine, vous pouvez tous vous carrer les fesses d'ici ! Je ne retiens personne ! »

Comprenant que la soupe n'était pas la seule responsable du réchauffement du corps et des esprits, Jean se pelotonna dans un angle de la pièce enfumée. Il s'attendait presque à ce qu'on lui demandât le prix de la nuit. Il n'en fut rien, fort heureusement, car maintenant qu'il s'était restauré, il n'avait plus l'envie de partir à la recherche d'un autre toit quand celui-ci lui offrait quasiment tout le confort…

Tout ce petit monde ayant fini par se calmer, cuvant le picrate cinq étoiles qui avait accompagné le « dîner », Jean fut bientôt le seul à ne pas trouver le sommeil. Adossé au mur, hypnotisé par les braises, il laissa vagabonder son esprit jusqu'à reprendre le cours du temps au moment où la voix d'Édith résonnait à ses tympans.

« Toi, je ne sais pas ; mais en ce qui me concerne : chez moi, seule !

— On ne va pas aller à l'hôtel tout de même ?

— Mais tu débloques complètement, mon pauvre Jean ! Ni à l'hôtel, ni chez moi : nulle part !

— Oh, juste un petit câlin, ma douce, histoire de se dire au revoir. Et puis…

— Et puis tu te tires de ma voiture tout de suite. J'suis pas là pour te consoler !

— Mais j'ai pas besoin qu'on me console !

— Je sais ! T'es même pas là pour moi ! T'es là uniquement pour toi, rien que pour toi ! Si tu crois que je ne te connais pas, mon lascar…

— Si je te disais que je t'aime et que j'ai rompu définitivement avec Marinette, que je veux que tu vives avec moi ! On pourrait partir et recommencer une vie ailleurs !

— Mais tu t'es vu, mon pauvre Jeannot !

— Ben quoi ? C'est pas un bon plan ?

— J'vais te dire une bonne chose ! Moi, je comprends parfaitement que Marinette s'en sort pas trop mal. Au moins, elle ne souffrira plus, ou en tout cas d'une autre façon, plus supportable. Si tu crois que je vais prendre le relais et endurer ce qu'elle a dû endurer ! Je n'ai pas la vocation, Jeannot ! C'est pas dans mes plans, un gars comme toi ! En plus, tu parles d'aimer, mais tu ne sais même pas ce que ça veut dire. Calte, calte ! J'ai plus le temps. J'te dis pas merci pour le coup de main, ça gâcherait la journée et les suivantes. D'ailleurs, je suis pratiquement certaine que ça t'est bien égal que je te dise merci ou non !

— Édith !

Il essaya de l'enlacer. Elle se dégagea d'un mouvement brusque.

— Tu ne comprends donc rien ! Comment est-ce qu'il faut te le dire ? En javanais ? »

Il s'essaya alors une sempiternelle fois au rôle de celui qui aime et qui a mal. Il joua à faire une scène à Édith, autant pour vérifier ce qu'il savait depuis toujours : qu'il n'en avait rien à faire, que pour voir jusqu'où il pouvait aller et comment Édith réagirait ; presque pour s'excuser, pour montrer que c'était les autres qui le rendaient ainsi. Naturellement, Édith vacilla mais, à l'instar de Marinette, elle prit le dessus, ne laissa pas le désir la submerger et le rembarra.

Elle se planta devant le capot de la voiture de Monique et lui jeta méchamment un mauvais rictus. Jean fanfaronna et exigea une cigarette pour prix de son départ.

« Une dernière cigarette ! Tu ne peux pas me refuser ça, ma douce !

— Je ne pensais pas que t'étais Seccotine à ce point. J'me suis bien trompée sur toi ! T'es vraiment qu'une lope ! »

Édith se précipita chez elle et se barricada. Il n'insista pas. Il sourit, alluma une de ses cigarettes, claqua la portière, lissa un doigt sur l'aile, puis fit un petit signe en direction des volets clos du logement d'Édith.

Enfin il s'en fut, non sans avoir adressé un bras d'honneur au curieux de l'étage du dessus qui n'avait rien perdu de la scène.

Édith regarda autour d'elle et se sentit soudain très seule. Les larmes lui vinrent tandis qu'une bouffée de désir montait en elle. Elle dut cependant rapidement recouvrer ses esprits : on frappait à la porte. Elle sursauta. Jean ?

Elle ouvrit. Charlie se pointait dans l'embrasure.

« Qu'est-ce que tu fous avec ce branque ! Ça fait une plombe que tu le chauffes ! Ça va pas, non ? Ah j'vous jure, les gonzesses dans le turbin !

— Arrête, Charlie, arrête ! Ce n'est pas le moment ! »

Elle ne vit pas venir le revers de la main qui l'envoya valdinguer sur le lit.

« Pauvre naze ! »

Charlie revint à la charge et entreprit de la corriger.

« Ce n'est qu'un début ! Je m'en vais te dresser ! Et si tu cries assez fort, peut-être que le Gino t'entendra, ah, ah, ah ! M'est avis que mon poteau le Roland arrivera avant. Et puis j'y pense, j'ferais bien de me prendre un petit acompte, qu'est-ce que t'en dis, la drôlesse ? »

Joignant le geste à la parole, il se jeta sur elle. Elle allait se laisser faire lorsqu'ils entendirent tambouriner à la porte. Il y eut un court instant de silence avant que le visiteur n'insiste à nouveau.

« T'attends quelqu'un, la môme ?

Édith haussa les épaules.

— Ben alors ! Va ouvrir !

— Vas-y toi-même, espèce d'enflure !

— Qu'est-ce que c'est ?

— Police ! Ouvrez !

— Eh ben, Charlie ! T'as gagné le pompon !

— La ferme ! Occupe-les, moi j'me tire ! »

Charlie ouvrit silencieusement la fenêtre, poussa les volets mais ne vit aucune voiture de police. Il se retourna vivement vers Édith. Trop tard, elle avait ouvert la porte à Jean qui la prenait par le bras et l'entraînait à grandes enjambées dans la rue. Charlie, fou de rage, passa par-dessus le balcon. S'ensuivit une courte cavalcade jusqu'à la voiture, garée non loin. « Vite, Édith ! Grimpe ! »

Ils eurent juste le temps de plonger à l'intérieur et de bloquer les portières. Charlie, un couteau à la main, s'agrippa comme un forcené.

« Qu'est-ce que tu attends, Jean ? Démarre !

— Finalement, ma douce, j'aime bien les mercis ! À propos, tu me la donnes, cette cigarette ? », s'amusa Jean, un pâté de maisons plus tard.

Les braises finissaient de rougeoyer dans le brasero ; Jean tira sur son mégot en souvenir de ces derniers instants avec Édith. Ce jour-là, ils firent ensemble leur unique voyage, avec une halte sordide dans un hôtel borgne. Ni l'un ni l'autre n'en avait plus envie, mais ils le firent et le firent mal. Édith lui demanda une dernière fois de partir, elle saurait bien se débrouiller toute seule. Après tout, ce n'était pas la première raclée qu'elle recevait et probablement qu'il y en aurait d'autres, à moins… à moins… Jean n'insista pas. Il lui sembla que leur séparation n'aurait pu se produire à un instant plus propice. Il en fut presque content, comme l'on est satisfait de voir une chose se terminer quelle qu'en soit l'issue, bonne ou mauvaise.

Au plus profond de la nuit, assis par terre, le dos au mur, Jean fuma sa Celtique jusqu'à se brûler les lèvres à la mémoire d'Édith dont il n'avait plus eu de nouvelles depuis cette course folle. Les minutes s'écoulèrent encore un peu, le brasero s'assombrit de plus en plus ; la froidure gagna rapidement la pièce.

Jean se leva pour raviver les braises ; le maître de céans se redressa d'un bond, un bâton à la main. Jean fit un pas en arrière et murmura qu'il voulait simplement rallumer le feu, rien d'autre. Il n'y avait pas de quoi s'affoler. L'autre lui grogna de s'occuper de ses affaires et pas du reste ! Jean jeta quand même au passage deux ou trois bouts de planches qui traînaient à portée de main et retourna se caler dans son coin. La fumée reprit ses aises dans la pièce et bientôt une quinte de toux acheva de réveiller tout le monde. On s'invectiva, on cracha, on menaça, on faillit presque se battre, mais une tournée de jaja vint à-propos pour calmer les esprits. Jean refusa le goulot, préférant garder à la bouche le goût de sa Celtique et du souvenir d'Édith.

Qu'était-elle devenue ? Avait-elle pu garder la voiture et filer avec dans le sud, comme elle le projetait ? Ou bien était-elle tombée sous la coupe de Charlie ou de la bande de ce Roland ? Et Gino et Monique ? « Diable, diable ! se dit Jean, on se bouscule un peu trop à ma porte cette nuit. » Mais cela eut au moins le mérite de l'accompagner jusqu'au sommeil.

Il rêva de soleil, de ciel bleu, d'un été qui ne finirait jamais. Il rêva qu'il était avec… Il distinguait et sentait chaque repli de ce corps, mais ne parvenait pas à mettre un visage sur cette voix, ce sourire, ce rire qui lui était étrangement familier. Qui était cette femme qui l'accompagnait de la plage à son lit ? Qui était cette femme qui lui arrachait enfin des larmes de bonheur ?

Le tonnerre de la guerre le réveilla brutalement au petit matin. Le sol tout entier était pris de secousses. Il se redressa, hagard. Ils étaient tous partis, le brasero avait disparu. Comment se pouvait-il qu'il n'ait rien entendu avec des toussoteux et des crachoteux pareils ? Les murs se mirent à trembler, un choc plus violent que les autres finit d'ébranler le reste de la carcasse de la maison qui s'écroula. Jean s'accroupit, les mains en guise de protection tandis que le plancher s'effondrait. La poussière envahit, à l'instant, la pièce. Il fallait sortir de là en vitesse avant d'être enseveli sous des monceaux de gravats. Il n'attendit pas d'y voir clair, il se redressa et se jeta hors de ce piège. Dehors, un bras métallique donnait de l'amplitude au balancier d'une énorme boule suspendue à une chaîne avant de la projeter contre la bâtisse. Les murs s'écroulèrent, pulvérisés. À côté, bulldozers, pelleteuses mécaniques, camions bennes s'activaient dans un ballet monstrueusement apocalyptique.

Jean s'extirpa des décombres devant les machinistes médusés puis, se faufilant entre les engins de démolition et de terrassement, s'enfuit à toutes jambes de cet enfer. Il courut comme un énergumène sans se retourner jusqu'à ce que le souffle lui manquât. Il resta là, courbé en deux un bon moment afin de reprendre haleine, indifférent aux passants qui jetaient sur lui des yeux écœurés. Il devait comprendre pourquoi quelques mètres plus loin en s'arrêtant devant la glace d'une vitrine. Il se fit peur à lui-même en voyant ce crasseux planté au beau milieu du trottoir.

« Reste pas là, mon gars ! Tu ne vois pas que tu gênes ? »

Jean grogna à l'adresse du commerçant sorti comme un diable de sa boîte.

« Reste pas là, j'te dis ! Tiens, prends ça et va-t'en ! » Le boulanger, la bonne conscience en poche pour lui avoir donné une demi-baguette, s'en retourna à l'intérieur servir ses clients.

« C'est-y pas malheureux de voir pareille misère ?

— Peut-être, mais ça n'excuse pas la saleté ! Quelle horreur, comment peut-on supporter une telle infection ? Au jet, et glacé en plus, voilà ce qu'on devrait faire !

— Vous avez raison ! En attendant, je n'en veux pas devant ma boutique, c'est pas bon pour le commerce ! Alors donc, on disait ? Un pain de gruau ? »

Toujours planté devant la boutique, Jean entendit ces bonnes paroles. Des mots lui vinrent aux lèvres, mais il se ravisa. Il fit un signe au boulanger qui s'impatientait de le voir disparaître de son pas-de-porte et tourna casaque.

Le ciel était de saison, ni gai ni triste. Le soleil daigna même faire une apparition. Jean arracha à pleines dents une bouchée de pain et s'en fut avec une drôle d'expression au visage.

Épilogue

Quand ce fut le printemps, Marinette entreprit de réaliser son voyage. C'était le dimanche des Rameaux ; elle rendit son tablier à la première heure. Depuis bientôt deux semaines, avec l'aide d'un commis de marché, elle s'était débarrassée en toute discrétion de son peu de mobilier et de tout ce qu'elle considérait comme superflu, ne conservant dans sa mansarde qu'un matelas à même le sol et le strict minimum pour vivre et s'habiller les derniers jours à venir.

Ce matin-là, une petite valise à la main, elle était allée voir son patron propriétaire, en sachant qu'elle ne le trouverait pas. Elle avait laissé ses clefs et une petite enveloppe à son intention à la nunuche qui lui servait, entre autres, à ouvrir la porte. Puis, elle avait pris le métro en direction de la gare Saint-Lazare.

Elle se sentait à mille lieues de toute l'agitation qui régnait autour d'elle. Qu'on lui prît son tour dans la file d'attente au guichet, qu'on la bousculât à tout bout de champ, qu'on la considérât presque comme un zombie errant dans la gare, que le premier train partît sans elle, peu lui importait : le temps n'avait plus d'importance désormais. Son ticket enfin en poche, elle alla s'installer sur un banc non loin des quais et attendit. Le haut-parleur nasillard déclencha la ruée des retardataires vers le convoi en partance. Marinette faillit ne pas prendre encore celui-là. Trop de gens s'y précipitaient, les compartiments devaient être bondés d'une population agitée, caquetante, insupportable. « Encore un petit effort ! se dit-elle. Courage ! »

Durant le voyage, elle s'enferma dans un demi-sommeil, passant le temps de cette longue parenthèse avec Jean. Elle lui raconta mille choses en pensées, lui confessa même quelques-uns des secrets de son âme qu'elle gardait jalousement. Elle fit une escapade longtemps avant, dans son enfance, lorsque juin venant, elle courait comme une folle dans les pacages de trèfle et de luzerne à la chasse aux papillons. Puis, ce fut une courte halte un peu plus tard, à la remise de son diplôme de certificat d'études primaires : ce jour-là serait à tout jamais le moment où l'enfance s'en alla, où la vie, comme on disait par chez elle, commençait, avec son florilège de joies, de tristesses, de quotidiennetés qui lui feraient une existence comme beaucoup d'autres sur cette terre. Ce jour-là, elle avait compris qu'elle mourrait, elle aussi.

Voilà ! Après une ultime secousse, un dernier freinage, son voyage se terminait enfin. Elle descendit de l'autocar la dernière, prenant le temps de siroter lentement ses premières foulées en ces lieux. Elle se planta et respira profondément plusieurs fois avant de se mettre en route vers la plage.

Le pas incertain, elle fit quelques mètres sur les galets, juste pour vérifier que la falaise était bien celle qu'elle avait vue sur l'image. Elle fit demi-tour, puis se dirigea vers les marches taillées à flanc de calcaire. Durant l'escalade, l'air vif et iodé lui donna le vertige. Le vent ne fut pas en reste ; plusieurs fois elle fut déséquilibrée par de violentes rafales venant de la mer.

Enfin, j'y suis, se dit-elle. Plantée au milieu des flots verts, une dent géante faisait face à la trompe d'éléphant. Elle s'approcha jusqu'à l'extrême limite, au bord de la falaise. À l'horizon de sa vue, le ciel gris plongeait dans la mer. Devant elle, plusieurs mouettes jouaient des courants ascendants, ailes déployées. Elle lâcha sa maigre valise. Deux rebonds lui suffirent pour plonger dans le vide. Marinette leva ses bras jusqu'à l'horizontale. Elle baissa les paupières. Son corps balança.

« Jean ! Mon Jean chéri, l'amour nous gardera en vie ! »

Le ciel était bleu sans la moindre traînée, le soleil était roi, la chaleur accablante. Au bord du trottoir, une américaine rutilait de tous ses chromes. Sur la banquette arrière, un caniche nain essoufflait sa respiration en tirant la langue. À quelques mètres de là, deux jeunes femmes, épaisses lunettes noires sur le nez, épaules largement dénudées, bras dessus, bras dessous, marchaient tranquillement en devisant gaiement. Le sac de plage à la main, elles venaient de quitter la terrasse ombragée de « l'Escale », un café situé sur la route du littoral. Lorsqu'il les avait vues s'approcher de loin, l'homme avait abandonné précipitamment le volant pour se réfugier un peu en retrait, le visage collé à une vitrine surchargée de souvenirs, breloques et accessoires divers pour touristes de passage. Le dos tourné, il suivit dans le reflet l'arrivée des deux silhouettes.

« Édith, vise un peu la caisse ! Tu ne la reconnais pas ?

— C'est pas vrai, Mo ! T'as pas fait ça ?

— Ben quoi ma chérie ? Allez, ne sois pas bêcheuse !

— T'as pas pu t'empêcher ! Il est sorti quand ?

— Trois jours.

— Ben, il n'a pas perdu de temps !

— Salut les filles, la bronzette, ça marche ? Mo, j't'ai apporté un petit cadeau de Paris… Un “quatre pattes” comme tu voulais ! »

Je m'en souviens très bien, ce n'était pas la première fois que je retrouvais Marinette après m'être juré de ne plus la revoir. On s'était donné rendez-vous à Luna Park. Un peu plus tard dans la soirée, on s'était arrêté à une baraque foraine : un stand de tir. Un de ces stands où l'on vous file toujours une carabine coudée. Il fallait croire que ce soir-là était un soir particulier puisque moi – qui ne suis pas franchement doué – je réussis à placer mes cinq balles dans la cible et mieux encore dans le centre, à la surprise générale. Le forain, lui non plus, n'en revenait pas. Il avait tourné et retourné la carabine dans tous les sens, comme si j'avais pu y faire quelque chose.

Par chance, à ce moment-là, il y avait suffisamment de monde autour de nous. Faisant contre mauvaise fortune bon cœur, il avait lancé à la cantonade qu'un tir exceptionnel méritait un cadeau exceptionnel. Aussi se faisait-il une joie de me récompenser avec quelque chose de rare…

C'est à cette occasion que j'ai offert à Marinette un gros singe en peluche, un brave singe avec une bonne bouille. « Un singe bleu ! À condition toutefois que vous continuiez à tirer à la caravane d'en face ! », avait-il ajouté avec un rire forcé. Il fallait bien que tout le monde y trouvât son compte ! Drôle de soirée tout de même, puisque c'est là que l'on avait décidé avec Marinette…

De toute façon, je crois bien que je serais parti quand même. J'en avais marre de ce boulot. C'est difficile à expliquer, mais j'en avais assez de tous ces mensonges que je débitais à moi et aux autres depuis des années. Alors, quand j'ai cru voir… Ce n'était pas une illusion ni un mirage, j'en suis sûr !

« Mais non, mon pauvre Zébédée ! Il n'y avait vraiment rien ! Rien ! Enfin presque : uniquement toi ! Et c'est pour cela que les autres ne voyaient que dalle. À force de tromper ton monde, tu te leurrais au point de ne même plus te reconnaître ! Rien, mon pauvre Zébédée, que ton insignifiance que tu cherchais une dernière fois à tromper. Qui crois-tu que je sois, l'ami ? Vendeur de marrons ou ta conscience ? Ah, ah, ah !

— Arrête ! Ce n'est pas drôle ! Ce n'est pas parce que tu es dans mes pieds au bon moment qu'il va falloir t'imaginer…

— Voyons, voyons ! Moi je n'ai pas besoin de toi ! Je sais où mon chemin me destine. Mais toi ? Je crois qu'il te faut aller plus loin, descendre au fond de ton cœur, y allumer une petite flamme. Alors, peut-être…

— Désolé ! J'ai les poches vides : pas la plus petite allumette. Et j'ai encore moins le sou pour m'en acheter. J'ai gaspillé ma dernière pièce.

— Il ne faut jamais dire cela, mon garçon.

— Mais puisque je te dis que je n'ai plus rien du tout ! J'ai paumé Édith en route ! Je m'en fiche, d'ailleurs ! Tu vois, p'tit père, y'a rien à faire. Je suis un vrai cœur percé. Écoute, je te fais des cornets et on parle d'autre chose… ou bien de rien, et ce sera mieux pour tout le monde. »

Cet ouvrage a été édité par la
Société des Écrivains,
14, rue des Volontaires – 75015 Paris
Tél : 01 53 69 65 33 – Fax : 01 53 69 65 27
www.societedesecrivains.com
info@societedesecrivains.com

Imprimé en France

Dépôt légal.